Christian Signol

Là où vivent les hommes

ROMAN

Albin Michel

IL A ÉTÉ TIRÉ DE CET OUVRAGE
Quinze exemplaires
sur vélin bouffant des papeteries Salzer
dont cinq exemplaires numérotés de 1 *à* 5
et dix exemplaires, hors commerce, numérotés de I *à* X

À Simone et Claude Servonet

« Il nous faut retrouver un commerce avec le monde et une présence au monde plus vieux que l'intelligence. »

Merleau-Ponty

« Ne faire qu'un avec toutes choses vivantes, retourner, par un radieux oubli de soi, dans le Tout de la Nature. »

Hölderlin, *Hypérion*

PRINTEMPS

1

EN MONTANT sur ces hautes terres pour la première fois, moi qui n'avais vécu que dans la foule des villes, le bruit et la fureur du monde, je découvris un univers qui m'était totalement étranger : la vastitude primitive et sauvage d'un causse, ses dolines et ses avens, ses fleurs aux couleurs aiguisées par le vent, sa sauvagine secrète, ses oiseaux libres, sa solitude et son silence. Il m'avait fallu attendre l'âge de trente ans pour renoncer à tout ce qui, jusque-là, m'avait paru important, essentiel, indispensable, même le superflu : tout ce qui nous encombre, et que l'on finit par porter comme un fardeau qui vous écrase, en mesurant sa dérisoire vanité.

Il y avait encore des langues de neige sur les sommets, ultimes vestiges de l'hiver qui refusent de disparaître malgré la caresse des beaux jours. Que devient le blanc quand la neige fond ? Je ne parvins pas à me soustraire à cette question que je savais stupide, mais qui me délivra en même temps d'autres questions devenues subitement sans importance au cœur de ces grands espaces, sous ce ciel immense reposant sur les crêtes bleues des sommets.

Moi qui ne connaissais du monde vivant que ce que j'en avais aperçu au cours de brèves vacances d'été, je compris ce jour-là pour la première fois, en rencontrant Achille, le vieux pastre transhumant désormais sédentaire, que jusqu'ici ma route m'avait seulement conduit vers les parkings souterrains, les tours monumentales, les immeubles de verre, les bureaux aseptisés, les ordinateurs tout-puissants, la virtualité des images où l'on peut découvrir tout ce que les hommes croient qu'il leur arrive, alors qu'ils ne sont que les enfants perdus de la terre qui les porte.

Achille, je le trouvai debout au bord de la route, après avoir fui droit vers le sud, sans repères, sans activer mon GPS. Il était engoncé dans sa grande cape de berger qui l'abritait des froides averses que le vent promène sur ces hautes terres jusqu'à la fin du printemps. J'avais laissé ma voiture un peu plus bas et je montais à pied vers le sommet lunaire où survivait ce que l'on appelle une chazelle – un petit abri en pierres plates – d'où Achille avait surgi après m'avoir aperçu de loin, en homme habitué à discerner la moindre anomalie dans un troupeau ou dans le paysage.

Il ne prononça pas un mot, il attendit que l'intrus parle, mais il ne me parut pas hostile. Des yeux bleu d'azur émergeaient de la capuche en toile grise où le visage rongé par une barbe épaisse semblait étrangement vivant, sans doute grâce à ces yeux d'une extrême mobilité, habitués à tout voir, à devancer le danger pour ses bêtes, à deviner celle qui, subitement, entraînera le troupeau vers l'aven meurtrier. Son chien n'aboya pas. C'était un border collie noir et blanc, qui s'avança vers moi pour flairer mes mollets, et, sur un chuintement de lèvres de son maître, se replia vers lui qui m'attendait sans hâte, le regard dirigé vers son troupeau groupé au fond d'une doline.

D'un hochement de tête, Achille répondit à mon « bonjour », mais il ne fit pas le moindre mouvement vers moi. Je crus bon d'ajouter que je n'étais pas d'ici, mais que je venais de loin – de Paris précisément –, et il répondit d'un ton neutre :

– Ça se voit.

– Ah, bon ! Et à quoi donc ?

Il haussa les épaules, reprit d'une voix égale :

– L'averse arrive. Il faut s'abriter.

Cette invite me parut encourageante, et, de fait, comme s'il acceptait ma présence, il remonta vers la chazelle en faisant un signe de la main. Je le suivis aussitôt, d'autant que de grosses gouttes de pluie commençaient à s'écraser sur les rochers, accompagnées par la colère d'un vent coupant comme une lame.

Il entra dans l'abri en lauzes plates, fit asseoir son chien à ses pieds, s'effaça pour me laisser un peu de place, puis il s'appuya contre le mur de droite, m'abandonnant l'autre côté sans plus m'accorder d'attention. D'un mouvement des lèvres bref, il donna un ordre incompréhensible pour moi à son chien qui partit ventre à terre pour ramener une brebis imprudente dans la doline, auprès de ses congénères. Une fois son travail effectué, le border collie remonta vers nous et se recoucha à ses pieds.

J'attendis un mot à mon intention, mais vainement, et je compris que cet homme n'était pas habitué à parler. Peut-être accepterait-il de répondre à mes questions… Je me lançai, non sans appréhension, montrant le chien à nos pieds :

– Comment s'appelle-t-il ?

– Hector.

Et, comme je souriais :

– Je m'appelle Achille.

– On est loin du village ?

– Lequel ?

– Le vôtre.

– C'est pas un village. Juste un hameau.

– Je pourrai y trouver une chambre pour la nuit ?

– Pas sûr.
– Pourquoi ?
– Je suis tout seul avec Louise.
– C'est votre femme ?
– Non ! La propriétaire du troupeau.
– Ces brebis ne sont pas à vous ?
– Non ! Je suis le berger.
– Alors il faut que je retourne à Florac ?
– Vous faites comme vous voulez. Mais attendez au moins qu'il ne pleuve plus. Ça ne va pas durer longtemps.

En bas, dans la doline, les brebis s'étaient groupées très serrées pour lutter contre le vent, qui, heureusement, chassait furieusement les nuages au ventre d'ardoise. Achille soupira, sans paraître s'adresser à moi :

– Pour une première sortie, c'est pas une réussite.

Ne comprenant pas ce qu'il voulait dire, et après avoir longuement hésité, je hasardai une nouvelle question :

– Elles passent l'hiver enfermées ?
– Il faut bien.
– Elles ne supportent pas le froid ?
– Elles agnellent en février.

Comme s'il me découvrait vraiment, il se tourna enfin vers moi, me dévisagea pour jauger l'étranger qui lui était apparu sans prévenir en ce matin du mois de mai.

– Qu'est-ce que vous êtes venu faire ici, en cette saison ? D'habitude, les gens des villes attendent l'été.

Je répondis du bout des lèvres :

– Je ne sais pas.

– Vous ne savez pas ?

– Non.

Il n'insista pas, mais je le sentis intrigué.

– Vous vous êtes perdu ? demanda-t-il enfin, croyant trouver une explication logique à mon apparition.

– Oui. Je suis perdu.

Il me considéra un long moment en silence et sans doute perçut-il mon désarroi, puisqu'il murmura :

– Louise vous louera peut-être une chambre.

Puis il garda le silence jusqu'à la fin de l'averse, jugeant sans doute qu'il en avait assez dit.

Je sais aujourd'hui qu'il peut rester muet une journée entière, ou répondre à peine aux questions qu'on lui pose, sans jamais prendre de lui-même la parole. Il est assez riche intérieurement pour se satisfaire du monde qui l'entoure, préférant suivre des yeux le vol majestueux des milans qui hantent ces solitudes auxquelles il a voué sa vie, ou s'absenter dans la contemplation du magnifique bleu des muscaris que le printemps fait surgir de la roche, ici, dans un miracle éblouissant de vie.

La pluie ayant cessé, il se tourna à peine vers moi,

avant de descendre vers son troupeau et me lancer vaguement quelques mots :

– Montez jusqu'en haut avec votre voiture, prenez la draille à droite, et attendez-moi devant le bouquet de buis !

Un quart d'heure plus tard, il réapparut devant ses brebis et il m'expliqua que je ne pouvais pas aller jusqu'au hameau en voiture, la draille n'étant plus praticable qu'en tracteur.

– Si vous y tenez vraiment, prenez votre bagage et suivez-moi.

Je le suivis sans réfléchir, portant mon sac à l'épaule, et moins d'une heure plus tard, je pénétrai dans ce refuge qui me permet de survivre après ce que j'ai vécu là-bas, si loin, maintenant, que la douleur parfois s'endort pour quelques heures et me laisse en repos.

2

LE HAMEAU ne comportait que quatre maisons aux toits gris et aux fenêtres étroites, dont une seule me parut habitée. Les trois autres, closes sur elles-mêmes, semblaient dormir depuis mille ans. Une placette encombrée d'outils à l'abandon et d'herbes folles somnolait dans le fragile soleil du début mai. Dès le seuil, je fis la connaissance de Louise qui me fit aussitôt l'effet d'avoir plus de quatre-vingts ans. C'était une forte femme aux cheveux de cendre et aux yeux verts, très clairs, vêtue d'une blouse bleue hors d'âge mais d'une propreté sourcilleuse, qui parlait plus facilement qu'Achille. Elle m'accueillit avec un sourire étonné, accepta de me louer une chambre pour la nuit, m'offrit un peu de sa soupe et de son fricot : quelques pommes de terre au fond d'un ragoût qui réchauffait sur sa cuisinière, et que je trouvai délicieux.

Puis elle s'assit en face de moi, dans sa cuisine rustiquement peuplée de meubles en bois brut qui avaient défié les ans, et me demanda, intriguée :

– Qu'est-ce que vous êtes venu faire ici ?

Qu'aurais-je pu répondre, moi qui avais suivi une route inconnue, sans même me fier à une carte ou à un GPS ?

– Je ne sais pas.

– Vous ne savez pas ?

– Non. Je suis arrivé ici par hasard.

Je compris que ma réponse la rendait méfiante. De fait, après une brève hésitation, elle voulut en savoir plus :

– Vous n'avez pas de famille ?

– J'en avais une.

Un bref coup d'œil vers moi la dissuada de s'engager dans cette direction.

– Pas de métier ?

– Si.

– Il ne vous plaît pas ?

– Pas vraiment.

Elle demeura silencieuse un moment, le temps d'aller déposer mon assiette dans l'évier, puis, de nouveau :

– Vous comptez rester longtemps ?

– Je ne sais pas.

Elle soupira, constata dans un sourire :

– Vous ne savez pas grand-chose !

Et, comme je demeurais muet, elle m'inspecta soigneusement du regard, avant de décider :

– Si vous avez fini de manger, je vais vous montrer la chambre.

À l'étage où menait un escalier grossièrement taillé dans un bois qui sentait la vieille cire, un minuscule couloir orné de vieux portraits de famille nous conduisit vers une sorte de réduit meublé d'un lit étroit, d'une petite table en noyer, et d'un placard-penderie avec deux étagères au-dessus.

– Voilà ! dit Louise. C'est tout ce que j'ai à vous offrir.

Et, voyant que je frissonnais, elle précisa dans un vague geste d'excuse et de résignation :

– On est début mai. Je ne chauffe plus.

Elle reprit, comme je ne répondais pas :

– La couverture est très épaisse. Si ça ne vous suffit pas, vous en avez une autre dans l'armoire.

Je la remerciai et elle resta là devant moi, immobile, se demandant ce qu'un homme tel que moi pouvait avoir à cacher pour venir s'échouer dans ces lieux désertés, et non sans s'inquiéter, sans doute, du danger dû à son hospitalité. Enfin elle haussa les épaules, et elle disparut en me souhaitant une bonne nuit.

Je demeurai un long moment assis sur le lit en me demandant, comme Louise, ce que je faisais là. Par quel caprice du sort ou du destin pouvais-je me retrouver dans cette chambre froide, où rien ne me parlait de ma vie, ni ne m'apportait la moindre chaleur, le moindre réconfort ? Alors, de guerre lasse, épuisé, je me couchai et aussitôt m'endormis d'un sommeil qui m'avait fui pendant des nuits ; un sommeil sans rêves, sans le moindre cauchemar. Il me laissa apaisé au matin, délivré, peut-être, pensai-je, du mal qui me rongeait, de cette culpabilité qui m'accablait depuis le jour funeste où je m'étais retrouvé seul, sans épouse, sans enfant, sans raison de demeurer en des lieux où j'avais passé la plus grande partie de ma vie.

3

LE LENDEMAIN, je retrouvai Louise et Achille non pas dans la cuisine mais dans la salle à manger, au moment du petit déjeuner. C'était une vaste pièce où trônait une cheminée à encadrement de bois : un antre noir avec deux coffres latéraux où l'on s'asseyait jadis, l'hiver, pour se rapprocher des flammes. Deux chenets de fer forgé faisaient face à une plaque de fonte ornée de blasons et d'une crémaillère plus noire que la nuit. Au-dessus, une tablette grignotée par la suie soulignait l'encadrement en exhibant deux obus ouvragés de 1914, des bougeoirs en cuivre, un antique moulin à café, une lampe-tempête, et diverses boîtes à l'usage pour moi mystérieux. Face à cette cheminée, un vieux canapé et deux fauteuils de reps vert l'isolaient de l'imposante table en bois de fruitier où Achille et Louise discutaient paisiblement. Ils me saluèrent d'un signe de tête sans interrompre leur conversation qui concernait une agnelle fragile.

– Je vais la nourrir au biberon, expliqua Achille. Sa mère la repousse et elle ne peut pas téter.

– Laisse-la dans la bergerie aujourd'hui, répondit Louise avant de se tourner vers moi et me demander : Vous avez bien dormi ?

– Très bien. Merci.

Elle me versa un bol de café, me tendit du pain noir et un morceau de beurre, puis ils se turent pendant que je déjeunais. Il me sembla qu'ils se méfiaient de moi, alors qu'ils se demandaient simplement si j'allais m'en aller ou pas. Enfin Achille se leva, me salua d'un doigt posé sur sa casquette, puis il partit vers la bergerie en emportant une musette couleur de paille d'où dépassait le bouchon d'une bouteille.

Le pain était bon, le beurre légèrement salé, et le café délicieusement corsé. Louise s'assit en face de moi et se décida à poser la question qui lui brûlait les lèvres :

– Vous partez ?

Les mots sortirent de ma bouche sans même que j'eusse réfléchi à ce que j'allais répondre :

– Je crois que je vais rester quelques jours, si vous le voulez bien.

– C'est possible, mais il faut que je le sache, à cause des provisions.

– Trois ou quatre, sans doute.

Cette révélation la laissa circonspecte, mais elle se contenta de hocher la tête en disant :

– C'est entendu.

Elle retourna à la cuisine, tandis que je finissais de déjeuner. Je crus que je devais la rassurer, et je lui proposai, non sans me demander si mon offre n'allait pas, au contraire, l'inquiéter davantage :

– Je peux vous payer d'avance, si vous le souhaitez.

Elle répondit sans se retourner :

– Vous savez, ici, si on ne fait pas confiance, on ne va pas loin.

Puis, avec un soupir :

– Ils ne sont pas nombreux ceux sur qui on peut compter. Surtout aujourd'hui.

– C'est vrai qu'il n'y a pas grand monde ici, dis-je en le regrettant aussitôt.

Elle revint vers moi en s'essuyant les mains au tablier noir noué à la taille de sa blouse bleue.

– Et c'est pour cette raison que vous êtes venu ? fit-elle, mais sans la moindre crainte apparente.

– Non !

– De toute façon, reprit-elle, je suis bien obligée de vous croire.

– S'il vous plaît, dis-je, ne m'en demandez pas plus pour le moment.

Et je répétai, un ton plus bas, en souriant :

– S'il vous plaît.

Elle hocha la tête, repartit vers sa cuisine et ne prononça plus un mot.

Quand j'eus terminé, je me levai et me mis à débarrasser la table en bois brut, sans la moindre toile cirée, lustrée par les ans.

– Laissez ! dit-elle. Ça m'occupe. J'ai le temps. Allez plutôt voir Achille, avant qu'il sorte les brebis.

– Merci.

– Et arrêtez de me remercier tout le temps. J'ai pas l'habitude.

Voilà comment je suis entré au cœur d'un monde qui m'était étranger mais qui, dès que j'eus franchi la porte de la bergerie, m'enveloppa dans une odeur si chaude, si puissante, si réconfortante, qu'elle me parut fugacement capable de soigner les blessures que la vie, loin, ailleurs, m'avait infligées.

4

ACHILLE me vit arriver sans manifester la moindre surprise. J'eus même l'impression qu'il m'attendait. Il donnait le biberon à l'agnelle que sa mère refusait d'allaiter. Je m'approchai avec précaution, ne sachant comment il allait m'accueillir, et je crus bon de préciser :

– Je vais peut-être rester quelques jours.

Et, comme il ne me répondait pas :

– Si ça ne vous dérange pas.

L'agnelle donnait des coups de tête sur le biberon en frétillant de la queue.

– Rien ne me dérange, répondit Achille, du moment que je peux faire mon travail.

Un long silence s'installa alors, que je pris pour de l'hostilité.

– Je peux m'en aller, si vous voulez.

– Vous ne me gênez pas.

– Vous aider, peut-être ?

– Non ! C'est pas la peine. Je travaille seul depuis toujours.

Il ajouta, un ton plus bas :

– Il faut avoir l'habitude.

Un nouveau silence, plus long que le précédent, m'incita à penser que je devais le laisser. Et pourtant, je demandai par simple curiosité :

– Elle n'a pas de mère ?

– Sa mère ne l'aime pas.

Je fus stupéfait de constater qu'il prêtait des sentiments à des brebis, et j'ajoutai stupidement :

– Pourquoi ?

Achille se tourna vers moi en souriant :

– Je lui ai posé la question, mais elle ne m'a pas répondu.

Je compris que mon ignorance de ce monde l'amusait, et, comme je ne percevais plus d'hostilité, je me décidai à lui demander si je pouvais l'accompagner.

– Si vous voulez. Mais je marche toute la journée.

– Je marcherai aussi.

Achille eut un vague geste des bras.

– Si vous y tenez !

Une demi-heure plus tard, quand il eut terminé de s'occuper des agneaux qui restaient à l'étable, il ouvrit la porte de la bergerie au troupeau qui sortit dans le matin de mai étincelant de la brume embrasée par les premiers rayons du soleil. Voilà comment je fis connaissance avec cet homme si secret et avec ce monde dont j'ignorais tout, mais qui m'accueillait de toutes ses splendeurs printanières, au-dessus desquelles planaient des vautours fauves en majesté, dans le ciel d'un bleu myosotis, profond comme la mer.

5

EN CHEMIN, je me demandai, une nouvelle fois, comment je pouvais me trouver là, dans cette lumineuse splendeur d'un printemps qui faisait éclore les carlines vertes et le duvet blanc des amélanchiers. La draille sillonnait entre les serres grises, ces roches affleurantes qui paraissaient à distance des bêtes endormies, et nous conduisait en pente douce vers le petit « sotch » où, me dit Achille, nous trouvions un abri du vent sous des prunelliers.

Là, il m'expliqua qu'il pourrait surveiller les brebis et les agnelles que leurs premières sorties rendent folles. Je sais aujourd'hui que les agneaux restent à l'étable, et sont seulement nourris au lait de leur mère, soir et matin. C'est leur sort d'être vendus à quelques mois alors qu'on garde les brebis sept ans, l'âge de la réforme pour ces mères qui, pour certaines, au cours de leur vie, peuvent donner le jour à plus de quinze agneaux.

En l'écoutant, je m'étonnais encore de marcher sur cette immensité désolée que des troupes éparses de pins ne limitent même pas, tant elle est vaste et si proche du ciel. Les drapés de la brume matinale s'élevaient doucement vers les sommets qui les retenaient encore par endroits, comme pour les embrasser dans un dernier adieu. J'étais assis au milieu des anémones et des asters que le mois de mai fait jaillir entre les pierres, chaque année, avec une force qui surprend dans un univers de rocaille heureusement creusé de dolines, où la terre produit assez de foin pour l'hiver.

C'est sans doute cette force-là que ce monde sut me donner dès ce premier jour pour survivre à l'insupportable. Une force qui sait faire jaillir la vie du néant, mais aussi réveiller un homme désespéré comme je l'étais d'avoir tout perdu en quelques minutes, y compris un métier qui m'était apparu dans toute sa dérisoire vanité, en comparaison de ce qui devrait être le cœur battant d'une vie.

Achille m'y aida aussi : avec son instinct d'homme habitué à vivre avec les bêtes, il devina quelle blessure brûlait en moi, et sa générosité naturelle le poussa à parler, alors qu'il n'en avait ni l'envie, ni l'habitude. Mais il avait compris qu'il était trop tôt pour que je me confie, et que j'avais besoin d'une voix, d'une épaule, d'une présence où m'appuyer pour ne pas sombrer.

Achille ! Que serais-je devenu sans lui ? Je ne sais pas. Ce que je sais, c'est que ce matin-là, quand il eut libéré le troupeau sous la surveillance du chien qu'il nommait donc Hector, assis sur une roche qui dominait une doline, il me confia que le premier jour de sortie, il faut se montrer prudent avec les brebis : elles sont folles de l'herbe verte et tendre. Il m'expliqua qu'il convient de les faire passer du fourrage sec de l'hiver au vert du printemps avec précaution. D'où le fait que ce matin, il leur avait donné du fourrage, afin qu'elles aient l'estomac plein avant d'aller vers l'herbe neuve. Sans quoi elles risquent la tétanie d'herbage et elles peuvent en mourir.

Ensuite, il suffit d'une seule question de ma part pour qu'il me parle un peu de sa vie, oubliant celles qu'il se posait à mon sujet.

– Vous avez toujours été berger ?

De sa voix d'homme sans colère, alors que je ne m'y attendais pas, il me raconta un peu de son enfance dans le département de l'Hérault, en bas, près de Gignac, son amour des bêtes et son désir de devenir berger dès son plus jeune âge :

– Mon père avait un troupeau qui montait à l'estive, ici, ou sur les pentes de l'Aigoual, et je l'ai suivi dès l'âge de six ans. Ça m'a plu tout de suite, mais on était nombreux à la maison et j'étais le dernier. Je ne pouvais pas rester. Alors, à quatorze ans, je me suis loué, en bas, pour aider les bergers transhumants qui montaient jusqu'ici, et j'ai tout de suite compris que ce serait ma vie… C'est ce qui s'est passé.

Il ajouta, d'une voix de regrets :

– Quand les transhumants ont cessé de monter, dans les années soixante-dix, j'ai trouvé cette place chez Louise et je suis devenu berger sédentaire.

Il sourit, précisa :

– Je suis né en quarante, j'avais donc un peu plus de trente ans, et je suis là depuis.

Il soupira, se tut en observant au loin les croupes claires des brebis qui moutonnaient jusqu'à l'horizon maintenant délivré des brumes et où, par endroits, les îlots aigus des sapins tranchaient sur le bleu délavé du ciel.

6

CE FUT seulement au bout d'un quart d'heure, en me demandant s'il ne regrettait pas de s'être confié à moi, que je me résolus à le tirer de nouveau de sa rêverie en constatant :

– C'est une longue vie sur le causse.

– Peut-être plus pour longtemps, répondit-il d'un ton âpre, retrouvant brusquement le fil de ses confidences.

Je crus ne pas avoir bien compris :

– Plus pour longtemps ?

– Louise veut vendre le troupeau pour rejoindre son frère à Florac, afin d'y passer ses vieux jours.

Un long silence, une nouvelle fois, s'installa, mais Achille ne prolongea pas cet aveu et, au contraire, il murmura :

– Il m'en manque une.

– Une brebis ?

– Non ! Une agnelle.

Comment pouvait-il compter d'un regard tant de bêtes éparpillées sur une centaine de mètres ? Cela me parut impossible. Pourtant, il siffla entre ses lèvres et le chien partit aussitôt pour retrouver l'imprudente, qui était simplement couchée derrière un bouquet d'hellébores.

– Bon ! fit Achille, rassuré.

– Vous les connaissez toutes ?

– Il faut bien.

– Elles ont toutes un nom ?

– Oui.

– Mais comment pouvez-vous les compter si vite ?

– J'ai des repères, avec les cinq qui ont des taches noires. C'est pas si difficile que ça.

Puis il se tut, mais je songeai à ce qu'il m'avait confié au sujet de Louise et de son désir de partir, et je ne pus m'empêcher de le relancer sur ce sujet :

– Si Louise vend son troupeau, qu'est-ce que vous allez devenir ?

– J'ai pas encore eu le temps d'y penser.

– Vous pourrez peut-être le racheter ?

Il ne répondit pas mais je compris que j'aurais mieux fait de me taire. Il demeura silencieux un long moment, puis il me montra du doigt un énorme oiseau qui venait d'apparaître au-dessus du troupeau.

– Un aigle ! murmura-t-il.

– Un aigle ? Ici ?

– On a aussi des milans, des vautours, des faucons pèlerins, et même des circaètes Jean-le-Blanc.

– Des circaètes ?

– Ils nous débarrassent des serpents. C'est bien pour les brebis.

Je devinai que j'avais tout à apprendre de ces lieux, et je lui demandai s'il pouvait nommer tous les oiseaux de ce causse. Il ne se fit pas prier, au contraire : il aimait en parler.

– La première à arriver, en avril, c'est l'alouette. Après, c'est le rossignol, mais je sais que les beaux jours sont vraiment là quand arrivent les hirondelles, les huppes, les traquets, les bondrées apivores, tous ceux que l'Afrique nous renvoie après les avoir accueillis pendant les mois d'hiver.

– Et vous les connaissez tous, comme les brebis ?

– Pareillement !

Il se tourna vers moi et sourit malgré les rides qui creusaient son visage d'homme de soixante-seize ans. Achille ! De quelle force disposait-il encore, pour survivre en ces lieux désertés ? Et que deviendrait-il sans troupeau ? J'eus une sorte de mouvement de la main vers lui, mais déjà il avait détourné la tête, n'aimant pas s'appesantir sur son sort, et il renvoyait son chien vers une brebis et son agnelle qui étaient en train de s'écarter du troupeau.

Pourquoi s'était-il confié à moi alors qu'il était

habitué à la solitude, au silence et à la contemplation ? Parce que la menace qui pesait sur lui et sur son troupeau le laissait lui aussi, comme moi, démuni, fragilisé, vaincu par le destin ? Non, ce n'était pas cela : il y avait encore beaucoup d'énergie en lui, beaucoup de volonté, de courage. Dans sa générosité naturelle, ayant deviné dans quelle débâcle je me débattais, il voulait tout simplement se mettre à ma hauteur, participer à sa manière au combat que je menais, et dont il avait secrètement mesuré la gravité.

7

À MIDI, il me proposa d'aller déjeuner chez Louise, car le hameau n'était qu'à une demi-heure de marche.

– Vous saurez bien retrouver le chemin, me dit-il avec un brin de malice.

– Et vous ?

– Moi je reste là. J'ai ce qu'il faut dans ma biasse.

Je répondis sans hésitation :

– Je vais rester avec vous, si vous le voulez bien. Je n'ai pas faim.

– Comme vous voulez.

Il sortit de ce qu'il appelait sa « biasse » – une musette en toile couleur paille – une tourte de pain, un saucisson et du fromage. Il coupa un chanteau, une rondelle, et me les tendit sans me regarder.

– Ne vous inquiétez pas. Il y en a assez pour deux. Je prends toujours large, parce qu'on sait jamais ce qui peut arriver.

Il ajouta, tandis que j'hésitais :

– Il m'arrive de passer la nuit pour retrouver une brebis égarée. Alors, je prends des précautions.

Je saisis le morceau de pain et la rondelle de saucisson avec confusion : cet homme partageait sans façon un frugal repas avec moi alors qu'il ne me connaissait pas, et que, peut-être, j'aurais disparu dès le lendemain. Je compris dès ce premier jour à quel point la présence des bêtes à ses côtés depuis des années avait développé en lui un instinct très sûr, comme celui, par exemple, qui les prévient d'une tempête, d'une maladie ou d'une mort prochaines. Tout en mâchant lentement son pain, il ne me parlait plus. Il attendait sans doute, mais il était patient, et d'un respect naturel vis-à-vis de ceux qui l'approchaient.

Quand il eut soif, il sortit de sa musette une timbale en fer-blanc qu'il me tendit avant de s'en servir.

– Je n'ai que du vin coupé d'eau. Ça va sûrement vous changer de vos habitudes.

– Buvez, vous, d'abord.

– Vous ne buvez pas de vin ?

– Si. Un peu.

– Alors !

Il me versa un demi-verre en expliquant :

– C'est plus de la piquette que du vrai vin, mais il ne vous fera pas mal.

Effectivement, c'était un vin léger, qui avait un parfum de vieux fût, mais sans acidité.

– Merci, lui dis-je. Ça fait du bien.

Il but à son tour, laissa la timbale entre nous, coupa d'autre pain, du saucisson, et continua de manger en silence en surveillant le troupeau qui manifestait des envies impatientes d'espace. Il envoya le chien qui rendit rapidement les meneuses à la raison, puis il me dit :

– Il va falloir bouger. C'est le premier jour et elles ont le feu aux pattes.

Et, comme j'esquissais un geste pour me lever :

– Finissons de manger tout de même. Elles attendront un peu. On a tout l'après-midi devant nous.

8

POURQUOI, en cet instant, Julie apparut-elle devant moi en me faisant sauter le cœur dans la poitrine ? Je ne sais pas. Peut-être, tout simplement parce qu'elle avait prononcé ces mêmes mots – « on a tout l'après-midi devant nous » – un dimanche où nous hésitions à sortir à cause de la pluie fine qui tombait sur Paris. Je la revis comme ce jour-là, à peine maquillée, ses cheveux blonds rehaussant l'éclat de ses yeux d'un bleu profond où flottaient sans cesse des étincelles d'or.

– Restons là, tous les deux, avait-elle dit. Pour une fois que nous sommes seuls, ensemble, et que nous avons du temps devant nous !

Et elle était venue se blottir dans mes bras. Je ne sentis pas les deux larmes qui coulèrent sur mes joues, mais Achille, lui, les aperçut. Il n'en dit rien, tourna la tête vers les sommets parsemés par endroits du jaune éclatant des adonis de printemps. Ensuite il découpa deux morceaux du fromage de brebis que confectionnait Louise, il me le tendit sans me regarder et il continua de manger en silence, mâchant lentement la nourriture avec le plaisir de ceux qui en connaissent le prix.

– Louise en fait quelques-uns pour nous, mais on n'en vend pas, me dit-il alors… et je compris qu'il parlait du fromage.

– Il est très bon.

– Je parie que vous n'en avez jamais mangé de pareil.

– Non. Jamais.

Je devinai plus tard, en le connaissant mieux, qu'il avait le don de désamorcer la gravité de la vie en évoquant les plus petites choses du quotidien. Comme si l'essentiel, précisément, trouvait sa juste mesure dans ce que l'heure présente offrait de menus plaisirs, une satisfaction adaptée à l'existence étroite mais parfaitement maîtrisée qu'il menait.

Quand nous eûmes fini de manger, il se leva en me disant :

– Il faut y aller, sinon, elles vont « s'escamper ».

Il ajouta, ne souhaitant pas me donner l'impression qu'il désirait m'obliger à lui tenir compagnie :

– Vous devez être fatigué. Rentrez, si vous voulez. Le mas n'est pas loin. Vous ne pouvez pas vous perdre.

– Non ! Si ça ne vous dérange pas, je préfère marcher encore.

Déjà, le troupeau, ayant senti que la bride se relâchait, commençait à s'ébranler vers l'ouest, en direction d'une grande doline où le vert de l'herbe tranchait sur le beige des collines qui moutonnaient jusqu'au ciel. Cette immensité ouverte devant moi qui étais habitué aux rues et aux avenues de la grande ville me donna un peu le vertige. L'air était frais et m'enivrait sans que je m'en rende compte.

– On rentrera tôt, me dit Achille. Le premier jour, il faut être prudent avec les brebis : elles ne savent pas se restreindre.

9

DE TEMPS en temps, il envoyait le chien pour ralentir le troupeau qui avait tendance à avancer trop vite, comme pour se saouler de cette herbe rêvée depuis qu'il était rentré dans la bergerie pour l'hiver. Achille ne parlait plus. Il se retournait pour vérifier que je le suivais, comme s'il avait compris que je sentais mes jambes trembler sous moi, et s'en inquiétait. J'étais ivre de cet air trop pur porté par un vent qui aiguisait encore par moments ses pointes de l'hiver, et mon corps endormi par les neuroleptiques réagissait mal à cette condition de vie nouvelle que je lui imposais. Au-dessus de moi, il y avait trop de ciel, trop d'espace, et je vacillais sous cette immensité.

– On va s'asseoir sur le rocher, là, en haut, me dit-il en désignant un socle rond qui émergeait de la surface grise de la rocaille.

Avait-il deviné, encore une fois, ce qui se passait ? Quel était donc le pouvoir de cet homme qui paraissait percevoir, ressentir, tout ce qu'il approchait ? De là-haut, on dominait le troupeau et on apercevait, au loin, la barre rocheuse qui clôturait la doline. Achille me tendit sa bouteille de vin, et je ne me fis pas prier pour en boire quelques gorgées. Il en but à son tour, soupira, et me dit :

– Il faut que je dorme dix minutes. J'ai du sommeil en retard depuis l'agnelage.

Il ajouta, s'allongeant sur le côté :

– Je passe les nuits debout.

Puis, comme pour me rassurer :

– Ne vous inquiétez pas pour les brebis. Elles ne risquent rien. Vous feriez bien de faire comme moi.

Il s'endormit presque aussitôt et je demeurai seul éveillé, portant, du moins le croyais-je, la responsabilité du troupeau, qui, en réalité, ne se souciait pas de moi. Assis sur le socle calcaire, je m'efforçais de remplacer Achille avec la même vigilance que lui, sous l'œil sceptique d'Hector, mais mes pensées s'évadèrent rapidement vers le monde que j'avais quitté quarante-huit heures auparavant, comme si cette brusque solitude me renvoyait par représailles vers ce qui était ma véritable identité.

Pendant quelques minutes, je me retrouvai au bureau, avec devant moi l'écran des Bourses de Tokyo, de Londres et de New York, des courbes et des graphiques incompréhensibles aux non-initiés, deux téléphones satellites, des collègues fébriles et concentrés, une activité de ruche en folie. Ce fut un choc, que ce saut dans l'espace et le temps : il me mordit cruellement l'estomac, provoquant une sorte de malaise qui me donna une nausée douloureuse. Elle dura sans que je puisse m'en défendre jusqu'à ce que, dix minutes plus tard, comme il me l'avait annoncé, Achille se réveillât d'un coup, inspectant aussitôt du regard le troupeau qui s'était avancé sagement le long de la doline.

Sans un mot il se leva, siffla le chien, et descendit vers les brebis, où je le rejoignis en me demandant s'il avait oublié ma présence.

– Vous n'avez pas dormi.

C'était plus une constatation qu'une question, et je ne répondis pas. Il s'approcha d'une agnelle dont il s'était aperçu qu'elle boitait, et il la maintint contre lui, le temps de lui ôter, avec son couteau à la pointe légèrement courbe, l'épine qui s'était incrustée sous son sabot droit. Une fois libérée, elle se précipita vers sa mère et tenta de profiter des dernières gouttes de lait avec des coups de tête rageurs sur les mamelles.

– On va remonter, me dit-il, et faire une boucle sur les collines où il y a moins d'herbe. Elles en ont eu assez pour aujourd'hui.

La boucle en question faisait au moins trois kilomètres, et je crus que je ne parviendrais jamais au terme de mon escapade, tellement mes jambes peinaient à me porter. Nous arrivâmes enfin au hameau vers cinq heures du soir, sous un ciel gorge-de-pigeon où tournaient des rapaces vigilants, mystérieux dans leur quête patiente de proies. Pendant tout le temps de ce parcours, Achille n'avait pas prononcé un mot et je me demandai si ma présence ne lui était pas devenue importune. Il avait tout simplement retrouvé le silence et les habitudes de sa solitude, et il m'avait peut-être oublié, d'autant que je marchais derrière lui, observant les fleurs, les oiseaux, les premiers papillons, tout ce qui m'avait été étranger jusqu'à ce jour et que je découvrais en ressentant à quel point, cependant, sans que j'en devine la raison profonde, ils m'étaient secourables.

10

Une fois à la bergerie, je renonçai à lui imposer davantage ma présence, et je me réfugiai auprès de Louise, qui préparait le repas du soir.

– Vous pouvez aller vous reposer dans votre chambre, me dit-elle. On ne mangera pas tôt : Achille doit faire téter les agneaux.

Elle ajouta, dans un murmure :

– Demain, ça ira mieux : on les aura vendus.

– Tous ?

– Oui : tous.

– Vous n'en gardez jamais ?

– C'est de leur vente qu'on vit. On ne garde que les agnelles qui deviennent mères à leur tour, et qui partent à la réforme à sept ans.

Un sourire éclaira son visage, tandis qu'elle secouait la tête d'un air indulgent :

– Achille en garde un ou deux de temps en temps. Il s'y attache, vous comprenez ? Il ne sait pas s'en défaire.

Elle haussa les épaules, reprit :

– On dirait un enfant.

Je devinai que, contrairement à Achille, elle aimait parler, et, pour lui tenir compagnie, je renonçai à gagner la chambre.

– Il les cache et il croit que je ne m'en aperçois pas, le pauvre, soupira Louise.

– Et qu'est-ce qu'ils deviennent ?

– Ils meurent de vieillesse, pardi !

Elle retourna à son fourneau, mais ne cessa pas de parler pour autant.

– Vous devez avoir faim ! Un peu de saucisson et de fromage à midi, ça ne nourrit pas un homme, ça !

– Achille a l'air de s'en contenter.

– Il mange mieux le soir. Je fais ce qu'il faut pour ça.

Je me souvins alors de la menace qui pesait sur Achille et sur le troupeau, et je repris, non sans arrière-pensée :

– Heureusement que vous êtes là !

Elle se retourna de nouveau vers moi, demanda :

– Il vous a parlé de quelque chose ?

Et, alors que je ne répondais pas :

– Je suis très malade, et il faut vraiment que je me soigne.

Elle ajouta aussitôt, comme pour se justifier :

– C'est pas ici que je peux le faire.

Elle hésita, et, tandis que je demeurais toujours silencieux :

– Et puis à Florac, mon frère est veuf. On pourra se soutenir tous les deux.

C'était une évidence. Pourtant elle précisa, comme si elle se sentait coupable :

– Je tâcherai de vendre à un propriétaire qui gardera Achille, mais ce ne sera pas facile.

– Pourquoi ?

– C'est fini, ici. Plus personne n'achète.

– Et pourquoi ?

– Les propriétaires préfèrent mettre leurs sous dans les maisons qu'ils louent pour les vacances, ou qu'ils vendent. C'est plus rentable que les brebis… et surtout beaucoup moins pénible. Vous savez, des bergers comme Achille qui ne comptent jamais les heures, même au moment de l'agnelage, il n'en existe plus.

– Justement ! Il trouvera facilement une place.

– Non ! Ils le connaissent : il est vieux et ils savent qu'il s'attache trop aux bêtes.

Louise eut un nouveau soupir, reprit :

– Il donne le biberon aux agneaux malades. C'est interdit à cause du « label rouge ».

– C'est pourtant du lait, non ?

– Oui, mais on n'a pas le droit. Il faut leur donner exclusivement du lait de la mère. On s'est fait prendre une fois par une inspectrice, et les agneaux ont été réformés.

Louise finit par s'asseoir en face de moi, et murmura, en confidence :

– Achille, il a soixante-seize ans, et il est fatigué, vous savez ?

– Que deviendra-t-il ?

– Je ne suis pas sans cœur, répondit-elle.

Elle hésita, ajouta :

– Je lui trouverai un petit logement à Florac, ou ailleurs.

– Et vous croyez qu'il acceptera ?

– Il faudra bien.

Sur cette conclusion, elle retourna vers sa cuisinière où mijotait un plat dont elle avait le secret, puis Achille arriva, épuisé, me sembla-t-il, et il s'installa, les deux coudes sur la table, pour manger la soupe de légumes très épaisse, sans un mot. Ce fut Louise qui rompit le silence en disant :

– Demain matin le camion sera là de bonne heure. Antoine m'a promis d'arriver tôt.

Achille hocha la tête, mais ne prononça pas un mot.

– Ne fais pas cette tête, reprit Louise. Tu sais bien qu'on ne peut pas faire autrement.

Et, comme Achille demeurait muet :

– Après ces agneaux il y en aura d'autres, l'hiver prochain.

Elle s'aperçut qu'elle s'était avancée imprudemment si elle vendait le troupeau entre-temps, et elle se tut. Elle apporta ensuite une fricassée de poulet cuisinée avec des pommes de terre, et je n'eus pas le cœur de relancer la conversation sur ce sujet aussi douloureux pour Achille. Le repas se termina dans ce même silence pesant, puis Achille nous souhaita une bonne nuit et s'en alla.

– C'est plus fort que lui, me dit Louise, il s'attache trop aux bêtes. On dirait que les agneaux sont ses petits. Est-ce possible une chose pareille ?

Et, retrouvant des considérations plus pratiques :

– Vous partez demain, ou vous restez ?

– Encore un jour ou deux, si vous le voulez bien.

– Ça ira, ne vous inquiétez pas.

Au lieu de se consacrer à sa vaisselle, elle s'assit devant moi, et je compris qu'elle avait envie de parler lorsqu'elle reprit :

– Vous savez, si je pouvais, je resterais et je le garderais.

Je ne sus si elle parlait du troupeau ou d'Achille.

– Le docteur m'a dit : « Si vous ne soignez pas votre cœur, ma pauvre Louise, vous n'en avez pas pour un an. » Alors, qu'est-ce que je peux faire ?

– Vous soigner, Louise… vous soigner.

Elle réfléchit un instant, parut soupeser une idée, demanda :

– Vous qui êtes de la ville, vous ne connaîtriez pas quelqu'un qui ait les moyens de racheter ici, sans souci d'un bénéfice ?

La question me surprit tellement que je ne répondis pas.

– C'est dommage !

Elle se leva, poursuivit en débarrassant la table :

– Vous devez être fatigué, après le bon air que vous avez respiré. Allez vous reposer, on y verra plus clair demain.

Je lui souhaitai une bonne nuit et je partis dans ma chambre sans consulter mon smartphone que j'avais éteint dès que j'étais monté dans ma voiture à mon départ de Paris. Une fois couché, comme la veille au soir, je m'endormis aussitôt d'un sommeil sans le moindre rêve.

11

Le lendemain, ce fut le ronronnement d'un moteur de camion qui me réveilla. Je me dressai en sursaut dans la pénombre, me demandant où je me trouvais, et avec la désagréable impression d'entendre les bruits de la ville. Je revis notre appartement du Ve arrondissement, deuxième étage, porte de droite en sortant de l'ascenseur, et, cruellement, les vêtements de Julie que je ne m'étais pas décidé à ranger afin de conserver encore un peu de sa présence, sans me douter qu'ils ajouteraient encore à ma douleur. C'étaient eux, aussi, que j'avais fuis : une écharpe de soie bleue, le long tee-shirt qui lui servait de chemise de nuit, une jupe de laine grise abandonnés ce matin-là avant son départ précipité pour l'aéroport.

– Tu n'as vraiment pas le temps de m'emmener ? avait-elle demandé.

– Pas ce matin. Excuse-moi. J'ai une réunion à neuf heures.

Elle était partie de son côté, et moi du mien. Voilà ! J'avais appris que le destin pouvait se jouer à seulement quelques mots prononcés dans la hâte et le surmenage de deux existences plongées dans la folle modernité du XXIe siècle.

J'allumai la lumière de la petite table de nuit et me sentis aussitôt rassuré : j'avais bien changé de monde et j'étais blotti dans un refuge que rien ne m'obligeait à quitter, du moins pour le moment. Les affaires, à Paris, attendraient. Plus rien n'avait d'importance désormais, sinon, ce matin, ce camion qui allait emporter les agneaux d'Achille vers une destination funeste, à son grand chagrin, mais qui demeurerait sans doute muet.

Assis sur mon lit, je mesurai tout à coup le gouffre qui s'était ouvert entre ces deux mondes si différents, et à coup sûr inconciliables. D'un côté la ronde folle de la grande ville, ses problèmes le plus souvent théoriques ou virtuels, de l'autre ceux de ce causse où les hommes et les femmes vivaient encore près des bêtes avec des préoccupations pratiques, immédiates, proches de la survie. Comment pouvais-je me trouver, moi, au milieu de ces deux univers ? N'étais-je pas frappé par une folie soudaine ? Étais-je bien éveillé ou sous l'emprise d'un rêve qui allait forcément se terminer ?

– Vous pouvez descendre déjeuner quand vous voulez ! lança la voix de Louise.

Cette voix me rassura. Je fis une toilette rapide, m'habillai et rejoignis la cuisine où elle m'avait déjà versé du café.

– N'allez pas à la bergerie ! me dit-elle. Achille aura besoin de rester seul un moment avant de sortir avec les brebis.

En coupant une tranche de pain, je demandai :

– Peut-être aussi toute la journée ?

– Peut-être.

Louise murmura, haussant légèrement les épaules :

– S'il veut de vous, il appellera en partant.

Je déjeunai donc sans me presser, savourant le vieux pain bien cuit dont la croûte était délicieuse sous le beurre, et le café qui me donna la conviction de n'en avoir jamais bu de meilleur. Je le confiai à Louise qui me répondit :

– J'y mêle un peu de chicorée. Ça lui donne un petit goût de caramel.

Elle ajouta, plus bas, comme si elle voulait que je n'entende pas :

– La chicorée, c'est moins cher que le café.

Je déjeunai en silence, tandis qu'elle s'affairait devant l'évier de sa cuisine, puis le chauffeur du camion klaxonna et elle sortit pour signer les papiers qui officialisaient la vente de ses agneaux. Je me levai pour observer par la fenêtre le départ du camion, et j'aperçus Achille qui rentrait dans la bergerie, tête basse, pendant que Louise parlementait avec le chauffeur : un homme massif, barbu, aux bras énormes. Je revins m'asseoir avant qu'elle ne revienne, l'air contrariée.

– Il en a refusé deux, fit-elle. Pas assez gros, selon lui. Je suppose qu'Achille l'a fait exprès.

– Vous croyez vraiment ?

– Il en est capable.

Et elle se planta devant moi en écartant les bras :

– Qu'est-ce que vous voulez que j'y fasse ?

Puis, sa colère tombant d'un coup :

– Il le mérite, allez ! Il se donne assez de peine pour le troupeau.

Et elle retourna à sa cuisine sans plus s'occuper de moi qui achevais de déjeuner en me demandant si Achille voudrait de ma compagnie ou pas.

Dès que j'eus terminé, je montai dans ma chambre et, par habitude, ouvris mon smartphone encombré par une trentaine de messages. Le premier était de Lucas, mon adjoint au bureau : « Mais où es-tu passé ? Tout le monde te cherche. Rappelle-moi vite ! » Le deuxième de ma mère qui s'inquiétait aussi : « Étienne ? Où es-tu ? J'ai besoin de te parler. Peux-tu me rappeler, s'il te plaît ? »

J'éteignis aussitôt mon smartphone avec, en moi, l'impression que ces appels étaient devenus en quelques heures insupportables. Plus rien n'avait d'importance, désormais, j'en étais convaincu, et ces mots lus sur un écran me reliaient à un univers qui, en cet instant, me faisait horreur, n'était plus le mien. Pourtant je n'avais jamais eu à me plaindre de ma mère, bien que depuis le décès de mon père, malgré ses efforts pour y renoncer, elle m'appelât chaque jour, matin et soir, pour s'assurer, sans doute, que je ne l'abandonnerais pas.

Mais ma mère ne risquait rien dans son appartement du XVIe, proche de celui d'une plus jeune sœur qui veillait sur elle. Et d'ailleurs que répondre ? Que j'attendais qu'un berger m'appelle pour mener un troupeau de brebis sur un causse désert ? C'est alors que je les aurais inquiétés vraiment, ces amis, ces parents, ces connaissances qui m'auraient cru fou. Il valait mieux le silence, au moins pendant quelque temps. À mon retour à Paris, je pourrais inventer n'importe quoi pour les rassurer.

J'en étais là de mes réflexions, quand la voix de Louise retentit au bas de l'escalier :

– Il vous attend !

Je descendis en toute hâte sans même prendre le temps de me recoiffer, après avoir enfilé le seul chandail que j'avais emporté avec moi.

12

ACHILLE marchait déjà sur la draille en queue de troupeau, Hector à son côté droit comme à son habitude. Quand il m'entendit refermer la porte, il se retourna un instant, esquissa un signe de tête en guise de bonjour, mais il ne prononça pas un mot. Il faisait aussi beau que la veille, mais plus froid, me sembla-t-il. Le ciel était plus clair, le causse étincelant de quelques plaques de givre qui éclataient sous les sabots des brebis en petites étoiles. Des bouquets d'hellébores surgissaient çà et là, d'un vert pâle ourlé de violine à la pointe de leurs corolles rondes.

Achille marcha un long moment sans se retourner, poussant les brebis devant lui, puis il ralentit, attendit que je vienne à sa hauteur, et tendit un bras vers la droite en disant :

– Regardez !

Deux agneaux gambadaient en lisière du troupeau,

cherchant leur mère qui n'était pas habituée à leur présence en dehors de la bergerie.

– J'en ai quand même sauvé deux !

Et il repartit du même pas alerte, me laissant penser qu'il savourait une victoire depuis longtemps imaginée. Je le suivis en observant les étangs de brouillard dans les dolines, d'où émergeaient quelques prunelliers déjà en fleur. Nous ne suivions pas la même draille que la veille, mais je ne songeais pas à interroger Achille. Je savais qu'il me l'expliquerait plus tard. Et une nouvelle fois je me demandai si je ne rêvais pas cette nouvelle existence, si différente, si étrangement consolante. Peut-être avais-je franchi un gué ou un pont invisible qui m'avait détaché de ma vie antérieure, et dont le sens me serait révélé plus tard, lorsque je me réveillerais.

J'avais laissé mon smartphone dans ma chambre, et plus rien ne me reliait à la grande ville où s'agitaient tous ceux qui avaient peuplé ma vie jusqu'à ce jour. Il me semblait que je voguais dans des eaux libres, sur lesquelles rien de douloureux ne pouvait plus m'arriver. En tout cas plus rien de ce qui m'avait frappé de plein fouet, et dont la douleur se tenait éloignée de moi pourvu que je me concentre sur la silhouette d'Achille qui continuait de marcher sans se retourner.

Après une demi-heure, enfin, il s'arrêta et laissa le troupeau au flanc d'un coteau qui grimpait vers un immense bois de sapins. Je le rejoignis près d'une touffe de daphné thymélée d'un rose ourlé de blanc, et il daigna enfin parler :

– Il faut changer de pâture tous les jours, sans quoi elles brouteraient l'herbe neuve jusqu'à l'os, et rien ne repousserait.

Il avait une nouvelle fois deviné mes pensées. Au lieu de nous asseoir, nous suivîmes un moment le troupeau en silence, et je compris qu'il attendait quelques mots de ma part, ayant lui-même livré la veille des confidences en forçant sa nature. C'était bien légitime, au demeurant. J'attendis encore quelques minutes, hésitant à expliquer ce qui m'avait conduit là, sur ces terres arides où j'étais supposé ne rien attendre, ne rien espérer. Il s'arrêta derrière un gros bloc de rocher à l'abri du vent, et me montra du doigt les deux agneaux qui gambadaient comme des fous, entre les brebis mères. C'est alors que je crus nécessaire de me confier un peu :

– Vous devez vous demander ce que je fais là ?

Achille ne répondit pas.

– Je ne le sais pas moi-même, ajoutai-je.

Il suivit du regard un circaète qui avait dépassé la cime des sapins au sommet de la colline, mais il ne souffla mot.

– Ma femme est morte il y a dix jours.

Et j'ajoutai, sans bien savoir pourquoi, sinon, peut-être, pour me délivrer de ces mots – de ces maux – que je n'avais pu prononcer devant personne depuis l'accident :

– Nous n'avions pas d'enfants.

Et je poursuivis, dans un ultime effort :

– Je suis seul et je n'ai plus rien. Pas même de métier, car je me suis enfui sans explication.

Achille ne tourna pas la tête vers moi. Il demeura silencieux un long moment, puis il murmura :

– Il ne faut pas accepter la douleur…

Je me laissai imprégner par ces mots pendant quelques secondes, ne sachant, au juste, quel message il me délivrait, mais je n'eus pas le temps de le questionner, car il expliqua :

– Les bêtes ne l'aiment pas : elles s'en défendent et elles la fuient.

Il reprit, toujours à voix basse :

– Elles ont raison, sinon comment profiter de la vie qui nous reste ?

Et il balaya du bras l'horizon où le ciel s'éclaircissait à mesure que le soleil montait, dispersant au-dessus des vastitudes sauvages des vagues d'un bleu très pâle aux reflets d'argent.

– Moi aussi je la fuis, ajouta-t-il. Et pourtant j'aurais des raisons de m'y complaire.

Cet aveu me surprit, au point que je demandai :

– Pourquoi donc, Achille ?

– J'ai choisi les bêtes par refus des hommes, à cause de la guerre.

– Quelle guerre ?

– L'Algérie.

Il soupira, précisa :

– Aucune femme n'a voulu me suivre, et je n'ai pas d'enfants.

– Aucune, vraiment ?

– Quand je suis revenu de là-bas, j'étais une bête sauvage : je leur faisais peur.

Il se tourna enfin vers moi, et sourit :

– Alors je suis resté seul avec les bêtes, mais je ne le regrette pas. Elles m'accompagnent et me sont fidèles. La beauté du causse m'a consolé de tout ce que j'ai cru devoir me manquer.

– Et il ne vous manque rien ?

– Rien.

– Pas même un enfant ?

Son regard passa sur moi mais ne s'attarda pas. Il ne répondit pas, reprit sa marche et je le suivis en regrettant d'avoir été si indiscret. Nous continuâmes de progresser vers la crête et ce fut seulement là-haut, près des sapins, qu'il murmura, comme pour lui-même :

– Mes enfants, ce sont les agnelles et les agneaux. Pour être heureux, il faut savoir se contenter de ce qu'on a.

Et il ajouta, peu avant d'envoyer le chien faire tourner les brebis pour redescendre vers la doline :

– J'ai des trésors que je suis seul à connaître.

Puis il se tut durant toute la matinée, et même lors de notre frugal repas de midi, assis à l'abri du vent, il ne prononça pas le moindre mot. Peut-être pensait-il en avoir trop dit et se le reprochait-il. Je tentai à plusieurs reprises de le relancer, mais c'était de moi qu'il attendait des confidences, désormais. Je lui expliquai ce que je faisais à Paris, mon travail de fondé de pouvoir dans une banque privée, mais je sentis qu'en me livrant ainsi au sujet d'un domaine si étranger pour lui – et peut-être si futile – je risquais de m'en éloigner. Alors je lui parlai de Julie, de notre rencontre sur les bancs de l'université, de notre vie à deux, de notre appartement près du jardin du Luxembourg, de ce matin où elle était partie sans que je puisse la retenir. À la fin, il me dit simplement, quand je cessai de parler :

– Il faut comprendre et accepter qu'il y a des choses plus grandes que nous, et ce sont elles qui gouvernent… Le ciel et les étoiles, par exemple.

– Le ciel et les étoiles ?

– Oui. Les bêtes le savent.

Je sentis que je ne devais pas l'interroger davantage. D'ailleurs il demeura muet tout l'après-midi, comme s'il regrettait d'avoir trop parlé. Simplement, en arrivant à la bergerie, alors que le soleil commençait à saigner en se griffant aux pointes acérées des sapins, il reprit, d'une voix négligente :

– Pour bien les connaître, il faut dormir avec elles.

Je me demandai s'il y avait là une invite ou simplement le constat d'une évidence connue de lui seul.

– Vous dormez avec elles toute l'année ?

– Bien sûr ! Elles ont besoin de moi.

Il ajouta, se tournant brusquement vers moi :

– Et moi aussi j'ai besoin d'elles.

– Et vous n'avez pas froid, l'hiver ?

– Près des bêtes on n'a jamais froid. Essayez, et vous verrez.

Je le laissai s'occuper des agnelles et rejoignis Louise à qui je confiai les dernières paroles d'Achille, en lui demandant ce qu'il fallait en penser.

– Il ne dit jamais rien par hasard, me répondit-elle. S'il vous a dit ça, c'est que ça ne le dérange pas. Emportez simplement une couverture, ça suffira.

13

C'EST ainsi que je passai ma première nuit dans une bergerie, sans bien comprendre ce que je faisais là, et me demandant, une fois de plus, si je n'étais pas en train de perdre la raison. Que se passait-il donc ? Avais-je été à ce point ébranlé pour accepter de dormir dans la paille, sous une couverture, entièrement vêtu, dans une bergerie perdue au sommet d'un causse désert ? Et pourtant cette question ne résistait pas au bien-être qui m'avait envahi dès que je m'étais allongé sur le dos, dans l'odeur puissante des brebis, écoutant le bêlement d'une agnelle, la course d'un chat à la poursuite des souris sur une poutre, dont Achille me dit qu'elles étaient attirées par l'orge destinée aux bêtes. Je n'avais pas froid. Pas du tout. Je ne dormais pas, mais aucune noire pensée ne venait me hanter.

Achille m'avait proposé son châlit installé près d'une mangeoire, mais j'avais refusé, ne voulant pas modifier ses habitudes, ou nuire à son sommeil. J'étais couché de l'autre côté de la mangeoire et j'entendais sa respiration calme, tout en me sentant pénétré d'une agréable quiétude, sans la moindre aspérité, comme si j'avais trouvé un refuge capable de me redonner confiance dans la vie. J'avais fait halte, enfin, dans la course qui m'avait conduit ici depuis mon départ de Paris, et il m'apparut que seul ce lieu pouvait me régénérer, m'aider peut-être à repartir un jour. En tout cas pas tout de suite. Une idée me vint qui me rassura aussitôt, et m'aida à trouver le sommeil : j'allais prendre deux semaines de congé, deux semaines qui m'aideraient à faire le point, à comprendre pourquoi ma vie s'était brisée un matin. Si je perdais mon travail définitivement, tant pis : j'en trouverais un autre, et peut-être plus gratifiant que celui que j'exerçais devant des écrans chaque jour plus nombreux.

Je m'endormis dans un état de bien-être qui dura jusqu'au lendemain sans le moindre rêve. Même Achille, levé à six heures, ne parvint pas à me réveiller en s'occupant des agnelles et des deux agneaux sauvés de la boucherie. Il fallut qu'il me secoue l'épaule, quand il fut temps d'aller déjeuner, à sept heures. Face à moi, j'aperçus alors un nid en terre sur la plus haute poutre, d'où dépassaient les têtes noires des hirondelles. Achille me révéla qu'elles demeuraient chaque année fidèles aux lieux qui les abritaient, mais qu'elles étaient de moins en moins nombreuses, et je lui demandai pourquoi. Il me répondit en haussant les épaules :

– Les pesticides, pardi !

– Pourtant vous n'en utilisez pas, ici.

– Non. Mais elles en trouvent au cours de leur voyage, et elles n'y survivent pas.

Je le quittai pour aller faire ma toilette dans la chambre, et je redescendis aussitôt pour déjeuner auprès de Louise qui me demanda, avec un sourire, si j'avais bien dormi.

– Très bien.

– Alors vous n'avez plus besoin de votre chambre !

– Je ne sais pas.

Elle me servit son pain et son délicieux café, reprit :

– Il faudrait quand même que je sache si vous restez ou pas.

Je m'entendis répondre avec satisfaction :

– Je vais prendre quinze jours de congé. Si ça ne vous dérange pas, je resterais volontiers ici.

– Et la chambre ?

– Je la garde, Louise, si vous le permettez.

J'ajoutai, pour la rassurer :

– Je dormirai dans la bergerie de temps en temps.

Elle me dévisagea en silence un long moment, puis :

– Vous êtes sûr que vous allez bien ?

– Mais oui, Louise, tout va bien.

À cet instant, Achille arriva, coupa du pain et se mit à manger, les coudes sur la table comme à son habitude, buvant de temps en temps une gorgée de café. J'étais installé face à lui, mais il ne me regardait pas, tout entier concentré qu'il était sur la nourriture précieuse qu'il mâchait consciencieusement, avec un plaisir évident.

À la fin, il se leva, fit un signe de tête interrogatif à mon égard.

– Je vous rejoindrai, Achille. Il faut que j'envoie des messages.

Il partit sans commentaire et je demeurai seul avec Louise qui était bien décidée à comprendre ce que je faisais là.

– Vous n'avez pas fait de grosses bêtises, au moins ? me demanda-t-elle dès que nous fûmes seuls.

Et, comme je m'interrogeais sur le sens précis de cette question :

– Vous ne fuyez pas la police ?

– Bien sûr que non !

– Ah ! Bon !

Je compris qu'elle s'inquiétait à ce sujet et commençait peut-être à me suspecter d'être un voleur ou un criminel soucieux seulement de se cacher. Je n'avais pas d'autre solution que de lui avouer la vérité, comme je l'avais fait auprès d'Achille :

– Ma femme est morte il y a dix jours.

Louise demeura figée sur place, me dévisagea avec stupeur et murmura :

– Oh ! Pauvre ! C'est pas possible !

– C'est possible, Louise, mais parfois je me demande si je n'ai pas fait un mauvais rêve.

– Ça alors ! Si je m'attendais !

– On ne s'attend pas à ça, Louise. Jamais. Et pourtant ça arrive.

Elle s'assit à côté de moi, et non en face, comme si elle n'osait plus me regarder.

– Et vous êtes parti.

– Je ne pouvais plus rester à Paris. C'était trop… douloureux.

– Je comprends.

Elle ajouta, se voulant consolante :

– Vous avez bien fait.

Le silence régna quelques secondes, puis elle demanda :

– Vous l'avez dit à Achille ?

– Oui.

Elle hocha la tête, répéta :

– Ça alors, si je m'attendais…

Puis, se levant brusquement :

– Ne vous inquiétez pas. Vous pouvez rester le temps que vous voulez.

Je la remerciai et montai dans la chambre où j'envoyai un mail à Lucas afin qu'il demande pour moi un congé de deux semaines à la DRH. Sachant ce qui s'était passé, elle ne pouvait pas me refuser un tel répit, d'autant que j'avais toujours des congés en retard, d'une année sur l'autre. J'envoyai également un message à ma mère pour la rassurer, mais je ne pris pas connaissance des mails qui s'étaient accumulés. Il fallait vraiment que je creuse un fossé entre cette nouvelle existence et l'ancienne, si je voulais continuer à vivre sans trop souffrir. À qui aurais-je pu avouer que j'avais songé à me détruire le lendemain des obsèques de Julie ? C'était pour échapper à cette obsession que je m'étais décidé à prendre la route, je ne pouvais pas en douter.

14

DÉSIREUX d'oublier Paris, je partis dix minutes plus tard à la recherche d'Achille, mais je me perdis. J'eus beau monter sur une crête et scruter l'horizon, je n'aperçus pas le moindre troupeau. Je m'assis au pied d'un amélanchier, à quelques pas d'une étendue de ces stipes pennés que l'on appelle aussi cheveux d'ange et qui ondulent sous le vent comme des vagues couronnées d'argent. Devant pareille beauté mouvante comme la mer, le souvenir de vacances avec Julie à La Baule m'envahit tout à coup, et quelque chose en moi se brisa à l'idée que, peut-être, je resterais éternellement poursuivi par un passé brutalement détruit.

Toutes les larmes que j'avais gardées en moi depuis des jours coulèrent alors sans que je puisse les retenir, me livrant Julie riant près de moi sur la plage, le visage resplendissant des gouttes d'eau de mer qui faisaient étinceler ses yeux clairs, si vivante, si belle, si présente, que j'eus la conviction de ne plus pouvoir vivre sans elle. Elle m'appelait pour que je la rejoigne dans l'eau et j'entendis sa voix si nettement qu'un long frisson me parcourut, me projetant dans un passé si présent que je crus bon de lui répondre, comme je l'avais fait ce jour-là, que je la rejoindrais dans cinq minutes. Décidément, ni l'espace ni le temps n'étaient capables d'étouffer la douleur qui grondait en moi. Je fus alors persuadé d'avoir fui vainement. Et dans un réflexe dérisoire, je me levai subitement, je repartis et me mis à courir jusqu'à ce que, à bout de souffle, je m'assoie de nouveau, sans forces, puis je m'allongeai face au ciel sans nuages, les yeux ouverts comme pour les brûler.

Je demeurai ainsi une demi-heure, couché dans un état de semi-conscience, sans même apercevoir les rapaces dans le ciel, puis j'entendis les sonnailles d'un troupeau. Je me dressai et aperçus Achille, en contrebas, qui montait vers moi, comme s'il avait deviné dans quelle déroute j'étais plongé. Mes yeux avaient séché, mais il comprit ce qui s'était passé. Arrivant près de moi, il me dit seulement :

– Il faut trouver de l'ombre : le soleil tape fort.

Sans un mot je me levai et nous partîmes vers une doline bordée de quelques prunelliers. Là, il se saisit d'un agneau, me le mit dans les bras et me dit, de sa voix chaude et grave :

– Il pourrait être mort aujourd'hui. Mais regardez comme il est heureux !

Ce furent les seuls mots qu'il prononça de toute cette journée. Il savait avec quels démons j'étais en lutte et il m'avait donné ce qu'il considérait être le plus précieux, à l'échelle de sa vie. Achille ! Que se serait-il passé sans sa présence, ce jour-là ? Je ne sais pas. Aujourd'hui, je ne veux plus y penser. Je me dis simplement qu'il était là parce qu'il le fallait, et qu'il m'avait été envoyé – mais par qui ? – afin que je ne sombre pas définitivement dans le gouffre qui s'ouvrait par moments sous mes pieds.

15

QUARANTE-HUIT HEURES plus tard, je fus réveillé à une heure du matin par un cauchemar qui me mit en présence de Julie après l'accident. Je revis comme ce matin-là son visage méconnaissable, ses yeux clos, et cet air tragiquement douloureux où était encore figée sa terreur juste avant le choc. Réveillé en sursaut, je ne pus demeurer dans mon lit tellement je tremblais, et, à peine vêtu, je sortis sans faire de bruit afin de ne pas réveiller Louise.

Il pleuvait. Sans même m'habiller, poursuivi par l'image de Julie qui ne me quittait pas et semblait m'accuser, je partis droit devant moi, prenant la draille que nous suivions, Achille et moi, chaque matin, et je fus bientôt transpercé par une eau froide, qui me glaça le corps et le cœur. Je parcourus quelques centaines de mètres, le visage inondé par les gouttes de pluie, je me mis à hurler plusieurs fois, avant de me sentir agité de frissons qui finirent par me réveiller vraiment, et, en même temps, me libérer de l'image de Julie enfin balayée par l'eau de mes yeux.

Je rentrai, d'abord lentement, puis de plus en plus vite sous la pluie qui redoublait de violence et me criblait de ses pointes acérées, comme pour me punir. Quand je poussai la porte, la lumière était allumée dans la salle à manger. Louise m'avait entendu sortir.

– Qu'est-ce que vous faites ? Vous voulez attraper la mort ?

Elle ne croyait pas si bien dire, mais je ne lui en fis pas l'aveu. Je lui répondis simplement que j'avais fait un cauchemar dont je n'avais pu me délivrer, et que la pluie m'avait surpris. Elle était vêtue d'une robe de chambre bleue que ses cheveux blancs adoucissaient, la rendant fragile comme une apparition.

– Allez vite vous changer et revenez ! Je vais allumer du feu.

Je la rejoignis dès que j'eus revêtu des vêtements secs, et je m'assis près des flammes, au bord de la cheminée, mais je tremblais encore.

– Enfin ! Voyons, dit Louise, c'est pas raisonnable !

– Un cauchemar…

Louise soupira, se leva en disant :

– Je vais faire du vin chaud. J'en ai pour une minute.

Je restai seul dans la bonne odeur du chêne fumant, les mains étendues au-dessus du foyer, jusqu'à me brûler, mais comme rassuré à présent, à la fois par la lumière du lustre et par celle des flammes qui crépitaient entre les chenets. Et quand Louise revint au bout de trois minutes, je ne tremblais plus. Elle me tendit un verre de vin chaud, et j'en bus une gorgée en me brûlant la langue. Mais c'était bon, cette chaleur soudaine, au point que je pus reculer un peu et m'asseoir sur un fauteuil, face à Louise.

– Ça va mieux ? me demanda-t-elle.

– Oui.

– Il ne faut pas me faire des frayeurs pareilles. Vous n'aviez pas vu qu'il pleuvait si fort ?

– Seulement quand je suis sorti.

Elle soupira une nouvelle fois, murmura :

– Moi aussi je fais des cauchemars, vous savez.

Il me sembla qu'elle m'avait peut-être entendu hurler, et je me dis que si c'était le cas, Achille avait dû m'entendre aussi. Je m'en voulus et tentai de m'excuser en disant :

– Je ne peux pas oublier.

– C'est normal, il y a trop peu de temps. Mais vous verrez, on oublie.

Elle reprit en souriant :

– Je le sais, je l'ai vécu.

Puis, un ton plus bas :

– Vous savez, on a eu du bon temps avec Henri, mon époux. C'était un homme droit, un peu rêveur, très doux. Il avait une belle barbe et des cheveux blonds frisés, comme un pâtre de l'ancien temps. On voyait à peine ses yeux, mais alors des yeux ! Ils changeaient de couleur avec le temps qu'il faisait : verts, gris, dorés, on aurait cru qu'il en changeait tous les matins pour me faire plaisir. Je ne l'ai jamais dit à personne : on m'aurait prise pour une folle.

Elle hocha la tête, poursuivit dans un souffle :

– Et puis je l'ai perdu.

Je n'osai pas la pousser plus avant dans ses confidences, mais elle reprit d'elle-même :

– Un mois d'août, au cours d'un gros orage, la foudre a effrayé les brebis et l'une d'entre elles, en s'enfuyant, est tombée dans un aven, mais elle était encore vivante quand il s'en est aperçu.

– Un aven ?

– Oui, vous savez bien : un gouffre dans le causse.

Elle se tut brusquement, ajouta si bas que je l'entendis à peine :

– Henri a voulu descendre à son secours. Il a glissé, il est tombé et il s'est tué… je l'ai cherché toute la nuit, et j'ai appelé les secours le lendemain, mais déjà j'avais senti qu'il n'était plus là…

Elle se reprit subitement en pensant à moi et au drame que j'avais vécu :

– Vous savez, comme moi, ce que l'on peut ressentir quand ces choses-là arrivent.

– Oui, Louise, je le sais.

– J'ai failli perdre la tête, partir très loin pour oublier, mais mon frère est venu habiter avec moi pendant quelque temps, pour m'aider à passer le cap. J'ai compris que je serais encore plus malheureuse ailleurs qu'ici, alors je suis restée et on a pris la décision d'embaucher un berger : c'était Achille… Il est toujours là…

Un silence tomba, seulement habité par le crépitement des flammes, chacun plongé dans ses pensées. Enfin Louise poursuivit d'une voix qu'elle voulut plus gaie :

– Il n'y a que le temps qui puisse adoucir la douleur. Il faut savoir attendre, et ne pas trop se replier sur soi-même, sinon…

Elle se tut un instant, ajouta :

– Finissez de boire ! Ça vous fera du bien.

Nous restâmes ainsi un long moment sans plus parler, réchauffés par ce feu qui dansait sous des étincelles d'or, et je me sentis beaucoup mieux ; capable, à présent, de remonter dans ma chambre. Ce que je fis, quelques minutes plus tard, non sans remercier Louise qui me dit :

– Tâchez de vous reposer. Ça ira mieux demain.

16

JE NE PUS m'endormir avant deux heures, si bien que le lendemain matin, je dormais encore quand Achille vint déjeuner. Je ne le rejoignis que plus tard, dans la doline qu'il avait indiquée à Louise, afin que je le retrouve plus facilement. Là, je compris tout de suite qu'elle lui avait parlé de ce qui s'était passé durant la nuit. Il ne m'en dit rien, mais il se fit attentif, encore plus chaleureux, et, sans doute pour m'éviter d'y repenser, il se mit en devoir de m'apprendre à donner des ordres au collie :

– Avance ! Recule ! Droite ! Gauche ! Laisse ! Cherche ! Oui ! Non ! Tourne ! Pousse !

En moins d'une demi-heure, le chien obéit aussi bien à ma voix qu'à la sienne, ce qui me fit plaisir. Ensuite, Achille voulut m'apprendre à repérer une brebis malade, ce qui fut moins facile. Pourtant l'une d'entre elles, depuis la veille, souffrait du piétin, c'est-à-dire d'une inflammation grave du sabot, de surcroît contagieuse. Il l'avait soignée mais elle souffrait encore, et il me la montra, tout près de nous, en disant :

– J'aurais dû la laisser à la bergerie.

Il m'expliqua alors ce qu'était le piétin, et le danger qu'il faisait courir aux brebis comme aux agnelles. Il me parla aussi de la fièvre catarrhale, de la mammite ou de la tremblante, et conclut en avouant :

– Je ne supporte pas de les voir souffrir. C'est malheureux, mais c'est comme ça.

Et il ajouta, écartant les mains en signe d'impuissance :

– Et j'ai jamais pu en manger.

– Vous voulez dire : jamais mangé de mouton ou d'agneau ?

– Jamais ! Même si j'ai été parfois obligé d'en tuer un qui s'était cassé une patte.

– Ça arrive souvent ?

– Heureusement non !

– Et qu'est-ce que vous en faites alors ?

– Je les laisse aux vautours. Ils ne le savent pas puisqu'ils sont morts.

Sur ces mots, jugeant sans doute qu'il avait beaucoup parlé, Achille se tut.

– Merci ! lui dis-je.

– De quoi ?

– Vous le savez bien.

À cet instant, apparurent au loin deux silhouettes, celles de deux marcheurs, pèlerins ou simples promeneurs qui traversaient parfois le causse avec l'arrivée des beaux jours. Sans un mot, Achille manœuvra aussitôt pour n'être pas aperçu et je le suivis d'instinct tout en me demandant pourquoi il agissait ainsi. Il envoya également le chien avec ce seul mot :

– Tourne !

Le collie partit ventre à terre et fit obliquer le troupeau dans la direction opposée aux promeneurs qui s'étaient arrêtés et semblaient l'observer. Nous étions, nous, à présent, invisibles derrière un petit rocher cerné par des prunelliers. Comme il me devinait intrigué, Achille me dit avec humeur :

– Ils dérangent les brebis.

Je pensai au jour où j'étais arrivé, venant vers lui dissimulé dans une chazelle, et à la manière fraîche dont il m'avait accueilli.

– Il y en a qui me disent que j'ai beaucoup de chance et qu'ils voudraient bien vivre comme moi.

Il haussa les épaules, ajouta :

– Pourquoi ne le font-ils pas ?

Et il conclut en soupirant :

– De quoi se plaignent-ils ?

Dépités, les promeneurs avaient repris la draille et descendaient vers une doline qui les déroba à nos yeux.

– Ce sont les premiers, reprit Achille, mais en été on en voit tous les jours.

– Et vous les évitez chaque fois ?

– Parfois, je ne peux pas faire autrement que de leur parler.

Il me dévisagea d'un air moqueur, poursuivit :

– Je leur parle un peu, mais ils veulent caresser les brebis ou le chien, et les bêtes n'aiment pas ça quand elles ne connaissent pas.

Il trancha d'une voix sans aménité :

– Faut savoir ce qu'on veut, dans la vie.

Sans un mot de plus et sans se retourner, il se mit à marcher vers le sommet de la colline, où je le rejoignis peu après. Il se tourna alors vers moi, et me dit d'un ton apaisé :

– Vous, j'ai compris tout de suite que vous n'étiez pas un simple promeneur.

Il me tourna le dos en ajoutant :

– Vous étiez venu vous perdre, et ce n'est pas pareil.

– À quoi l'avez-vous deviné, Achille ?

– Vous n'aviez pas de sac à dos. Vous n'aviez rien, pas même un imperméable, et pourtant il pleuvait. Même avant que vous ne parliez, je savais que vous fuyiez.

Il s'éloigna, et je le suivis en songeant, une fois de plus, que cet homme avait un instinct dont étaient dépourvus tous ceux que j'avais connus. Et cette conviction, de nouveau, me fit du bien. Pendant tout l'après-midi qui suivit, j'eus la sensation réconfortante que je pouvais lâcher prise, me fier à lui, embarquer vers un autre monde, contempler les nuages qui passaient et qui, soudain, faisaient renaître en moi le vague souvenir de ces quelques vers oubliés depuis le lycée et qui ressurgissaient étrangement, ce jour-là, comme une consolation inespérée :

– *Eh ! qu'aimes-tu donc, extraordinaire étranger ?*

– *J'aime les nuages... les nuages qui passent... là-bas... là-bas... les merveilleux nuages !*

ÉTÉ

17

AU COURS de ces quinze jours accordés sans difficulté par la DRH, Achille et Louise me devinrent infiniment précieux, comme si, désormais, ma famille, c'étaient eux. Ma mère avait fini par comprendre la nécessité qui était la mienne de m'éloigner de trop de douleur – et d'elle par conséquent. Mais quand je décidai de ne pas reprendre le travail, quinze jours plus tard, les rapports se tendirent, surtout quand j'avançai les mots « année sabbatique ». Je pris alors la décision de partir quelques jours à Paris pour régler le problème. Ce que je fis, en menaçant de démissionner purement et simplement, ce qui me permit d'obtenir gain de cause.

J'en profitai pour régler aussi les problèmes matériels et expliquer une dernière fois à ma mère quelles raisons me poussaient à m'en aller loin d'elle. J'évitai soigneusement de rencontrer les amis que nous fréquentions, Julie et moi, sachant qu'eux non plus ne comprendraient pas ma décision d'aller m'exiler « dans un coin perdu, seulement peuplé de corbeaux et de moutons ».

À mon départ pour Paris, ni Achille ni Louise n'avaient tenté de me retenir, mais j'avais compris qu'ils le regrettaient, s'étant habitués à ma présence autant que moi à la leur. Je devinai également qu'ils doutaient de mon retour, comme s'ils avaient conscience du fait qu'ils ne représentaient rien, pour moi, en comparaison de ceux que j'avais laissés derrière moi. Aussi parurent-ils heureux de me revoir, même s'ils n'en dirent rien.

Le mois de juin embrasait maintenant le causse du matin au soir. Cette période de l'année où les jours sont les plus longs correspondait pour Achille à celle des grands travaux : il fallait rentrer le foin pour l'hiver, couper du bois, moissonner l'orge, alimenter le réservoir en eau de la bergerie. Il n'avait pas beaucoup plu depuis mon arrivée. La sécheresse faisait craquer le vieux causse de toutes parts, l'herbe déjà roussissait, et les asters, les cistes commençaient à s'étioler sous la morsure du soleil.

Ce matin-là, Achille m'expliqua que l'eau courante, arrivée dans les années soixante, lui avait rendu la vie plus facile. Auparavant, les lavognes – ces grands creux au socle d'argile qui retenaient la pluie et l'eau de la fonte des neiges – ne suffisaient pas à alimenter les hommes et les bêtes. C'était une galère que de transporter l'eau depuis les points les plus reculés jusqu'aux maisons et jusqu'aux bergeries. De même, le progrès représenté par l'arrivée des tracteurs avait permis de rentrer le foin plus vite, ainsi que le bois ou les céréales. Rien n'était devenu simple pour autant, car les travaux de l'été se succédaient sans répit pour les hommes, et les jours n'étaient pas assez longs pour en venir à bout.

– Si vous voulez vraiment m'aider, me dit Achille un matin, sortez le troupeau et occupez-vous de lui. Moi, j'ai le foin à faucher.

Je me demandais comment il réussissait à tout concilier en mon absence, mais je n'osai pas lui poser la question. Sans doute était-ce Louise qui l'aidait ou alors laissait-il simplement le troupeau à la garde du chien, à proximité du hameau. Je partis donc, suivi par Hector, mais pas du tout rassuré à l'idée que je pouvais perdre des agnelles, et en m'efforçant de suivre la draille que nous avions l'habitude d'emprunter avec Achille, avant de laisser les bêtes aller d'elles-mêmes.

Le calcaire du causse réverbérait la lumière qui ondulait en vagues bleues auréolées de lourds reflets d'huile. Le troupeau me paraissait plus paisible que lors de ses premières sorties, mais je me méfiais, sachant qu'à tout moment quelques-unes pouvaient s'éloigner brutalement, sans raison, sinon celle que leur dictait leur instinct. Achille m'avait appris à reconnaître les sonnailles, notamment celle de la meneuse, dont le « sounal » caverneux et grave servait de repère et d'alarme en même temps.

Trop inquiet, d'abord, je ne pus m'asseoir, mais au bout d'une heure je m'habituai et me rassurai : il m'avait suffi d'envoyer le chien à deux reprises pour remettre de l'ordre dans le troupeau. Si bien qu'à midi, je pus me reposer à l'ombre d'un buis et ouvrir la musette prêtée par Achille, afin de manger les victuailles préparées par Louise. Alors je me sentis bien, tout à coup, dans l'odeur du thym et des pierres chaudes. Bien et incrédule à la fois : cet homme qui gardait ce troupeau, était-ce bien celui qui ne pensait qu'à Paris, à son travail et à Julie, un mois auparavant ? Un rire nerveux me secoua, mais il cessa rapidement : les yeux mi-clos, je laissai la chaleur gagner mon corps, et je m'abandonnai au soleil, aux pierres, aux parfums, aux sonnailles qui ne me parlaient que de paix, de la beauté des orchidées, des anémones, des asters, des cistes et des coquelicots dont l'éclair rouge fusait çà et là, au ras des herbes frissonnantes.

Rien de douloureux ne vint agiter cette heure-là. Peut-être pour la première fois depuis longtemps, mon esprit demeura à l'écart de ce qui le tourmentait et j'eus alors la sensation précise et réconfortante d'avoir trouvé un port. Je me serais endormi si une agnelle n'était venue vers moi, fragile et attentive, avançant son museau taché de noir vers ma main tendue, s'accroupissant enfin, confiante, à l'ombre, près de moi. J'enfouis ma tête dans sa toison blanche et demeurai un moment à respirer une odeur qui, bien que forte, me parut infiniment précieuse. C'était une odeur venue du plus profond du temps, une odeur de vie secrète, une odeur de retrouvailles inespérées.

Sa mère, inquiète, vint vérifier qu'elle n'était pas en danger, puis elle s'éloigna. Cette confiance me toucha. Je n'aurais su l'expliquer, mais je compris à quel point la présence des bêtes est secourable. Et en effet, quand l'image de Julie s'imposa à moi un peu plus tard, je la revis heureuse, souriante, comme le soir où elle m'avait appris son premier succès de plaidoirie, et non pas figée dans la pâleur d'un cercueil. Ce fut comme si elle m'avait rejoint dans la quiétude et le silence d'un monde où plus rien, plus personne, ne pouvait la blesser.

Les brebis s'étaient groupées à l'ombre pour échapper à la canicule de juin. « On dit "achaleurées" », m'avait expliqué Achille, le jour de mon retour. Le border collie aussi, en souffrait. Il haletait près de moi, levant de temps en temps son museau pour vérifier que je n'avais plus rien à lui donner. Comme le faisait Achille, j'avais partagé mon repas avec lui : un morceau pour le maître, un morceau pour le chien. Hector m'avait adopté d'autant plus facilement que je n'avais pas remis en cause les règles de la cohabitation et du travail. De couleur noir et blanc, il avait des yeux très vifs, d'un noir plus profond encore que sa pelisse, et il était d'une intelligence extraordinaire.

Je découvrais tout cela, car nous n'avions jamais eu de chien, Julie et moi. Trop de travail, des horaires impossibles, pas une seconde de répit, sinon le dimanche, et encore pas toujours, car son métier d'avocate en droit international l'obligeait à voyager beaucoup. Ces fréquentes séparations, je les regrettais aujourd'hui, car nous n'avions pas assez profité de notre vie à deux, sinon lors des fins de semaine que nous tentions de préserver, malgré le travail à domicile que rendaient possible, et insistant, les ordinateurs portables…

Achille m'avait dit :

– S'il fait très chaud, rentrez plus tôt. Il faut qu'elles boivent.

Je pris donc dès quinze heures le chemin du retour, et les brebis ne s'y opposèrent pas. J'aperçus au loin Achille qui, malgré la canicule, achevait de couper l'herbe d'une doline, surveillé par deux rapaces qui guettaient les serpents ou les mulots surpris par la lame de la faucheuse. Je fis halte à l'ombre d'un rocher en surplomb d'où s'évada un monticole de roche au poitrail d'un bel orangé. Et de nouveau le souvenir de Julie heureuse vint s'insinuer dans mon esprit. Pourquoi cet après-midi-là ? Pourquoi à cet instant-là ? Peut-être parce que tout me paraissait riant autour de moi, précisément : le soleil au zénith, les brebis obéissantes, Achille paisiblement assis sur son tracteur, les milans endormis dans l'espace, et la sensation – la conviction – que rien de grave ne pouvait plus advenir, au contraire : Julie m'avait laissé caresser sa peau chaude comme les rochers de ce causse, et elle m'avait dit, les yeux illuminés :

– Il faudra penser à faire un enfant.

Et elle avait ajouté avant de m'embrasser :

– Je suis sûre qu'il te ressemblera.

Je me hâtai vers la bergerie pour fuir ces quelques mots prononcés dans l'insouciance d'un bonheur trop précieux, et qui m'était apparu, alors, indestructible. L'ombre fraîche des murs de pierre, en me donnant de nouveau la sensation d'un refuge, m'y aida, de même que Louise venue me prêter main-forte pour donner à boire aux brebis.

Dès que nous eûmes terminé, les bêtes allongées entre les clèdes, elle me dit, d'un air grave, repoussant de sa main droite ses cheveux mouillés de sueur de part et d'autre de son front :

– Il faut que je vous parle.

– Il y a un agneau qui n'a pas bu.

– Venez dès que vous pourrez. Avant qu'Achille ne rentre.

Intrigué, je la laissai partir, m'occupai de l'agneau, ouvris en grand les deux portes de la bergerie pour créer un courant d'air, et partis vers la maison où Louise m'attendait assise dans sa cuisine.

18

Je fus à peine installé face à elle qu'elle me dit, son regard clair fiché dans le mien :

– Je pars demain pour Montpellier. C'est urgent. Je ne peux plus attendre.

La surprise passée, je demandai, posant la première question qui me vint à l'esprit :

– Vous serez absente longtemps ?

Elle hésita à peine :

– Je ne sais pas si je reviendrai.

Je la dévisageai, incrédule, impressionné par le calme et la détermination qui émanaient d'elle.

– C'est si grave que ça ?

– On envisage une opération du cœur, au CHU.

– C'est décidé ?

– Les médecins doivent prendre la décision après les examens.

Un profond silence tomba entre nous, seulement

troublé par le bourdonnement des mouches attirées par la proximité de la bergerie.

– Voilà ! murmura Louise.

Elle ajouta, après un soupir :

– Je voudrais savoir si je peux compter sur vous.

Son regard ne me lâchait pas, et devant cette femme si forte, si courageuse, je n'eus pas la moindre hésitation pour répondre :

– Vous pouvez, Louise.

Elle hocha la tête, me dit d'une voix qui passa dans un souffle :

– Merci.

Et elle poursuivit, essayant de sourire :

– S'ils m'opèrent, je ne reviendrai pas avant un mois ou deux. Il faut aller en rééducation, après.

Elle hésita, reprit :

– Est-ce que vous pourrez attendre ?

– Je vais essayer, Louise.

– Vous comprenez, c'est pour Achille que je m'inquiète. Alors, si vous le voulez bien, je vous laisse à tous les deux la clef de la maison, et vous continuez comme si j'étais là.

Je me retins de poser la question à laquelle elle n'avait sans doute pas songé : « Et si vous ne revenez pas ? » Mais je me trompais : elle avait aussi envisagé cette éventualité :

– J'ai parlé à mon frère. Si je ne me réveille pas

de la table d'opération, il s'est engagé auprès de moi à garder Achille un an de plus, le temps pour lui de trouver une solution. Après, ma foi, je ne sais pas...

Elle ne souriait plus. Elle m'observait intensément, comme pour lire en moi, mais j'étais tellement pris au dépourvu que je ne trouvai pas les mots susceptibles de la rassurer. J'essayai, pourtant, mais maladroitement :

– Je suis sûr que tout se passera bien.

– C'est pas pour moi que je m'inquiète, c'est pour Achille. Vous le savez bien : il a consacré plus de trente ans de sa vie à mon troupeau.

Elle soupira, reprit, mais d'une voix tremblante, à présent :

– Tout ne peut pas s'arrêter comme ça.

– Vous avez raison, Louise. Mais est-ce que vous lui avez dit que vous partiez demain et pourquoi ?

– Pas encore. Je voulais vous parler avant, afin qu'on trouve une solution tous les deux.

– C'est m'accorder beaucoup de confiance.

Elle sourit, demanda :

– Je ne devrais pas ?

Je n'eus pas le temps de répondre car Achille entra à ce moment-là, du foin dans les cheveux qui dépassaient de sa casquette. Il alla vers l'évier, s'humecta le visage, le cou, poussa un long soupir, puis il s'assit et se versa un verre de vin. Louise se retourna vers sa cuisinière, et je compris qu'elle aurait du mal à annoncer son départ à Achille. Ce n'est qu'après avoir porté une salade de tomates sur la table qu'elle en trouva la force : elle s'assit, dévisagea Achille qui coupait du pain, et elle lui annonça enfin qu'elle partait le lendemain matin pour Montpellier. Il releva la tête, l'observa un bref instant sans mot dire, puis il commença à manger, comme s'il n'avait pas entendu.

– Tu pourrais me demander pourquoi, tout de même ?

Achille eut un geste vague des bras, puis il murmura :

– J'attends que tu me le dises.

– Je vais à l'hôpital, voir un spécialiste du cœur.

Achille releva de nouveau la tête, ses yeux se voilèrent un peu, mais il ne prononça pas un mot.

– Il va peut-être m'opérer.

Achille cessa de manger. Il parut s'accouder davantage sur la table, et il s'affaissa un peu, toujours muet.

– Si c'est le cas, je ne reviendrai pas avant un mois.

Louise reprit aussitôt, cherchant à le rassurer :

– Il ne faut pas t'inquiéter. Étienne va rester avec toi le temps qu'il faudra. Il est d'accord. Je vais vous laisser la clef de la maison.

Comme Achille se tournait vers moi pour guetter mon approbation, je la lui confirmai en disant :

– C'est entendu.

Il y eut un moment de silence, puis Achille grommela :

– Bon ! Puisque c'est décidé !

Et il se remit à manger comme si de rien n'était.

Louise me parut soulagée : après avoir été chercher l'omelette aux pommes de terre qui finissait de cuire, elle revint s'asseoir et, comme si c'était là son seul souci, elle se mit à parler de la canicule, des lavognes asséchées, de l'eau qui viendrait peut-être à manquer.

– On n'a jamais manqué d'eau malgré la sécheresse, fit Achille. Ce n'est pas aujourd'hui que ça va commencer.

– Ce n'est pas parce qu'elle nous vient de l'Aigoual qu'elle ne tarira pas un jour, répliqua Louise.

Je compris qu'ils avaient trouvé là un sujet de conversation destiné à leur faire oublier leur séparation du lendemain. Et leur échange dura jusqu'à la fin du repas, dans une atmosphère de fausse querelle qui m'aurait amusé si je n'en avais pas connu la raison véritable.

19

UNE FOIS le repas terminé, je suivis Achille dans la bergerie. À peine étions-nous entrés qu'il se retourna vivement vers moi et me dit :

– Il ne faut pas vous sentir obligé de rester. Vous avez sans doute mieux à faire.

Il y avait une telle humilité dans sa voix que je m'entendis répondre sans la moindre hésitation :

– Non. Je n'ai pas mieux à faire.

Cette évidence m'était apparue sur l'instant, et je m'en trouvais heureux. Venir en aide à ces deux êtres perdus au bout du monde et au bout de leur vie justifiait ma fuite depuis Paris, comme si, jusqu'à ce jour, je n'avais jamais eu à veiller sur personne, indépendamment de moi. Julie avait toujours su se prendre en charge, et ma mère, en réalité, et quoi qu'elle en dise, n'avait besoin de personne, sinon de sa sœur qui veillait sur elle.

– Bon ! fit Achille, puisque c'est comme ça, on tâchera de s'arranger tous les deux.

Il se mit à faire tomber du foin dans les mangeoires, s'arrêta tout à coup, sous la pensée qui lui était venue.

– Vous croyez que c'est grave ?

Je ne pus lui mentir :

– Le cœur, c'est toujours compliqué.

Il hésita, reprit son travail, demanda :

– Vous pensez qu'elle pourra revenir ?

– Je l'espère, comme vous, Achille.

Il ne me fit pas partager ses craintes, mais je les connaissais : si Louise disparaissait, il devrait quitter le causse et le troupeau.

– Ne vous inquiétez pas, lui dis-je. Elle a parlé à son frère. Il ne vous chassera pas.

– Ah !

– Elle me l'a dit.

Achille hocha la tête d'un air pensif, reprit :

– Toute ma vie, je me suis occupé d'un troupeau. Mais au début, les bergers ne cotisaient pas pour la retraite.

Il ajouta aussitôt, comme pris en faute :

– D'ailleurs, je n'y ai jamais pensé, à la retraite. C'est pas pour moi, ça. Je ne saurais pas quoi faire de mes jours.

– Ne pensez pas à la retraite, Achille. Tout va s'arranger.

Il me considéra avec gravité, demanda :

– Vous croyez ?

– Je le crois.

Et il se remit à répandre du foin, non sans me jeter de temps en temps un coup d'œil, comme pour vérifier que j'étais toujours là. À la fin, il me dit :

– Je vais dormir dehors cette nuit. Malgré les deux portes ouvertes, il fait trop chaud dans la bergerie.

Et, comme je ne répondais pas, il ajouta, d'une voix enjouée :

– Je dors souvent dehors en été. C'est la saison où on voit le mieux les étoiles.

Je compris qu'il m'invitait à faire de même, mais je ne pouvais pas laisser Louise seule, durant cette nuit qui était peut-être la dernière, pour elle, au sein de sa maison. Je le lui expliquai et il hocha la tête en disant :

– Alors, à demain.

– À demain, Achille.

Je rentrai et trouvai Louise en train de faire la vaisselle, le dos tourné à la porte. Je m'approchai pour mieux me faire entendre d'elle.

– Soyez tranquille, dis-je, il ne s'inquiète pas plus que ça.

Et j'ajoutai, d'un ton volontairement amusé :

– Il m'a dit qu'il dormirait dehors cette nuit.

– Oui, ça lui arrive en été. Il prétend qu'il garde les étoiles comme il garde les brebis. Il a de drôles d'idées, parfois, vous savez.

– Il garde les étoiles ?

– Oui, c'est ce qu'il dit. Un jour, en me moquant de lui, je lui ai demandé s'il avait peur qu'elles s'échappent.

– Et qu'a-t-il répondu ?

– « Non ! Elles ne s'échapperont pas : je leur parle et elles ont confiance en moi. »

– Et il leur parle ?

– C'est ce qu'il prétend. D'ailleurs il a un livre sur les étoiles et les constellations. Il l'étudie l'hiver, parfois, avant le repas du soir, quand il fait nuit de bonne heure.

Elle s'essuya les mains, alla s'asseoir sur une chaise, près de la cheminée, et m'invita à faire de même. Je la rejoignis et elle demeura muette un long moment avant de me demander, tout bas :

– Vous qui êtes savant, qui avez étudié dans les grandes écoles, vous croyez que j'ai le droit de faire d'Achille mon héritier, alors que j'ai un frère ?

Je compris que Louise attendait une réponse précise à cette question à laquelle je ne pouvais pas répondre.

– Je n'en suis pas sûr, Louise. Il faudrait que je vérifie.

Et j'ajoutai aussitôt, pour ne pas la laisser seule face à une telle interrogation :

– C'est possible.

– Ah ! Vous croyez que c'est possible ?

– Oui.

– Mais vous n'en êtes pas sûr ?

– Non.

Elle parut réfléchir, soupira, puis enfin murmura :

– J'aurais dû y penser avant.

Et, s'interrogeant soudain avec une sorte de remords coupable :

– Je ne peux pourtant pas faire ça à mon frère ! Ce ne serait pas honnête.

Je laissai passer un moment avant de reprendre, devinant l'angoisse qui la torturait face à la perspective d'une délicate opération :

– Il ne faut pas vous inquiéter, Louise. Aujourd'hui, on soigne le cœur comme on soignait jadis des maux d'estomac.

– Ah bon ! Vous croyez ?

– Mais oui. Vous reviendrez rapidement, vous verrez.

Elle se leva subitement en concluant :

– Alors le mieux est d'aller dormir pour être bien reposée demain matin.

Je me dressai à mon tour, hésitai une seconde, puis je l'embrassai en répétant :

– Ne vous inquiétez pas. Tout ira bien.

Elle se dégagea doucement, souffla :

– J'aurais tellement voulu avoir un fils.

Et, se détournant brusquement :

– Je crois qu'il vous aurait ressemblé.

Et elle disparut dans le couloir, me laissant seul, désemparé à l'idée qu'en quelques mots, cette femme si courageuse m'avait livré le secret du grand drame de sa vie.

20

LE LENDEMAIN, elle partit, et je me retrouvai seul avec Achille. Il continua à s'occuper du foin et moi à veiller sur le troupeau. Nous nous retrouvions seulement le soir, pour le dîner qu'il préparait lui-même, car je n'avais jamais fait cuire quoi que ce soit, et j'étais bien incapable de confectionner le moindre repas. Achille s'en amusait, tandis que nous mangions face à face de la charcuterie, des salades ou des omelettes tout en parlant de Louise dont nous attendions impatiemment des nouvelles.

Son frère téléphona le surlendemain pour nous apprendre qu'elle avait été opérée, que ça s'était bien passé, mais qu'elle ne reviendrait pas avant un mois. Il s'inquiétait de savoir si tout allait bien en son absence, mais ne proposait pas de venir nous aider, car, prétendait-il, il était lui aussi très fatigué.

Ainsi passèrent deux semaines qu'Achille mit à profit pour engranger tout le foin, couper du bois qu'il rentrerait en automne, une fois bien sec, et moi pour m'habituer aux manœuvres du troupeau dont je ne craignais déjà plus les caprices. Louise téléphona à la fin de la première semaine, et je la rassurai de mon mieux : tout allait bien, elle n'avait pas à se faire du souci, mais seulement à prendre soin d'elle. À la fin de cette semaine-là, nous laissâmes le troupeau à l'étable, un matin, pour aller faire des provisions à Florac. Nous étions convenus, Achille et moi, que je m'y rendrais seul la semaine suivante, une fois que j'aurais recensé ce qu'il fallait acheter pour huit jours.

Ce court voyage me fit renouer le contact avec l'humanité de la vie quotidienne, mais je n'en conçus aucun plaisir, au contraire. Le fait de reconduire une voiture et de me trouver devant les rayons d'un grand magasin me donna l'impression que je faisais marche arrière et que j'allais retrouver ma vie d'avant, celle que j'avais fuie, désespéré. Achille me parut aussi mal à l'aise que moi et il se hâta d'emplir notre chariot des provisions nécessaires – provisions que je payai, comme cela avait été convenu avec Louise avant son départ, afin de compenser le loyer que je ne lui réglerais pas.

Une fois de retour à la bergerie, je me sentis mieux, délivré des nuages lourds de menaces qui avaient de nouveau envahi mon esprit. Je ne cherchai pas à approfondir cette sensation de délivrance dont je connaissais parfaitement les causes. Il me suffit de me sentir à l'abri de ces menaces pour retrouver le fil d'une existence qu'Achille éclairait de sa présence paisible et terre à terre : il fallait s'occuper des brebis, du bois, de l'eau, et bientôt de la moisson de l'orge semée à l'automne.

Louise téléphonait toutes les quarante-huit heures, et sa voix avait repris un peu de fermeté. Il lui tardait de revenir, mais elle « prenait patience », comme elle disait si humblement, à l'idée de nous retrouver bientôt.

21

CETTE VIE nous amena jusqu'au solstice d'été, le jour de la Saint-Jean, un jour où la canicule fut telle que je décidai moi aussi de dormir dehors la nuit suivante, devant la bergerie. Je m'étais muni d'une couverture, bien que la terre fût chaude, et d'un oreiller constitué d'une petite botte de foin. La nuit était très claire, illuminée d'étoiles scintillantes qui semblaient vouloir attirer notre attention pour nous révéler quelque chose, mais quoi ? Je m'interrogeai vainement, surpris par ces présences à la fois proches et lointaines, mystérieuses et presque familières. Achille ne dormait pas. Je l'entendais près de moi respirer calmement, couché sur le dos, attentif à la voûte des fragiles lumières immensément répandues au-dessus de nous.

À un moment donné, comme je m'interrogeais pour savoir s'il ne s'était pas endormi, il murmura :

– Je la vois.

– Qu'est-ce que vous voyez, Achille ?

– L'étoile.

– Laquelle ?

– La mienne !

Je demeurai un instant silencieux, me demandant s'il ne se moquait pas de moi, mais il reprit le plus sérieusement du monde :

– L'étoile du Berger !

Je me redressai sur un coude, intrigué.

– Où se trouve-t-elle ?

Il s'assit, se mit à parler d'une voix grave, pleine de mystère pour moi qui, je le réalisai à présent, n'avais jamais vraiment observé le ciel :

– Vous voyez, là-haut, en face de nous, il y a une forme de Grand Chariot, qu'on appelle aussi la Grande Ourse.

Je mis plusieurs secondes à distinguer le rectangle formé par quatre étoiles que prolongeait une sorte de timon.

– Oui, je crois que je le vois.

– Eh bien, juste au-dessus, il y a un chariot plus petit mais de même forme, et, au bout du timon, une étoile plus grosse, plus lumineuse. Vous la voyez ?

– Oui.

– C'est celle-là, l'étoile du Berger. On l'appelle aussi Vénus ou l'étoile du Nord, car elle indique le nord, précisément.

– Et pourquoi l'appelle-t-on l'étoile du Berger ?

– C'est très simple : elle est la première à s'allumer le soir quand rentrent les troupeaux, et la première à s'éteindre au matin quand les troupeaux ressortent.

Je restai un long moment à observer cette étoile lumineuse si reconnaissable à cause de sa dimension plus imposante que les autres, et je repensai à cette phrase que j'avais lue dans un livre un an auparavant et qui m'avait paru ridicule : « La ville a tué le ciel. » Je la comprenais aujourd'hui, moi qui avais toujours vécu dans une grande cité, et qui n'avais jamais levé les yeux vers la voûte céleste.

– Alors, c'est la vôtre, Achille, dis-je sans pouvoir dissimuler un brin d'ironie que je regrettai aussitôt.

– C'est là où j'irai quand je serai mort, assura-t-il d'une voix où perçait une certitude troublante.

– Vous croyez ?

– Bien sûr ! Où voudriez-vous que j'aille ? Je n'ai rien à moi sur cette terre, mais là-haut j'ai une étoile, et c'est tellement plus beau.

Il ajouta, avec la même conviction :

– De toute façon, elles brilleront encore quand les hommes n'existeront plus. C'est une certitude. Alors, où se trouver mieux que chez elles ?

L'originalité de sa pensée me laissait toujours sans voix. Il reprit, sans me laisser le temps de répondre :

– Elles se sont allumées avant nous, elles le demeureront après nous, et ce n'est que justice !

J'hésitai à le questionner davantage, mais je m'y résolus ; car plus je le poussais dans ses retranchements, plus j'avais l'impression de mieux le connaître.

– Pourquoi est-ce justice, Achille ?

– Parce qu'on ne les regarde pas assez et que pourtant elles le méritent. Ce sont elles qui nous ont donné la vie.

Il poursuivit, baissant la voix :

– Nous ne sommes que des poussières d'étoiles.

Cette fois-ci, je n'osai pas aller plus loin, devinant que j'approchais du plus secret de sa vie. Je pris un détour en lui confiant que Louise m'avait révélé qu'il possédait un livre sur la Voie lactée, et je lui demandai :

– Vous les connaissez toutes ?

– Presque.

– Par exemple, celles qui se trouvent entre la Grande Ourse et la Petite Ourse, quelles sont-elles ?

– Cette traîne de plusieurs étoiles en demi-cercle ?

– Oui.

– C'est la queue de la constellation du Dragon. Elle se termine à gauche en triangle.

– Et au-dessus de l'étoile du Berger, ces cinq étoiles presque aussi grosses qu'elle ?

– C'est Cassiopée.

– Un peu plus haut, légèrement sur la gauche, ces quatre étoiles dressées à la verticale ?

– La constellation du Cygne.

Je me tus, impressionné par les connaissances de cet homme qui décrivait les constellations comme s'il s'agissait pour lui d'un domaine familier. C'était sans doute son sens de l'observation qui l'avait incliné vers cette science céleste, mais tout de même ! Qui était-il vraiment ? Quels mystères dissimulait-il soigneusement ? Était-il possible qu'il n'eût jamais aimé une femme, qu'il n'eût jamais songé à une autre vie ? Je le lançai de nouveau sur le sujet dont il parlait avec passion, et il ne se fit pas prier pour me répondre :

– À part l'étoile Polaire, vous en connaissez d'autres ?

Il attendit quelques secondes, puis :

– C'est la plus belle, mais je connais aussi Altaïr, Rigel, Bételgeuse, Véga, Aldébaran, Sirius, Denebola, Arcturus, Antarès, et beaucoup d'autres.

– Vous pouvez m'en montrer ?

– On ne les voit pas toutes en été, seulement en hiver, comme la constellation d'Orion, par exemple.

L'odeur du foin et le chant des grillons exaspérés par la chaleur qui ne tombait pas malgré l'heure avancée de la nuit donnaient à sa parole un charme paisible et envoûtant. Un chat-huant passa, toutes ailes déployées, dans un frôlement de velours, puis un renard glapit au loin, dans une doline, ce qui me ramena sur terre et me laissa un long moment désemparé, me demandant quel était ce sortilège qui m'avait emmené loin, très loin, au-delà des collines qui paraissaient bleuir dans la nuit silencieuse.

22

JE FERMAI les yeux pendant de longues minutes, puis je les rouvris brusquement et j'eus l'impression de voguer sur une planète perdue, qui dérivait dans l'immense univers. Je me demandai si Achille s'était endormi, mais non : il reprit d'une voix plus basse, où perçait une émotion contenue :

– J'ai aussi eu une étoile sur la Terre : elle s'appelait Salomé.

Comprenant qu'il avait décidé de se confier, je pris soin de ne pas l'interrompre.

– Je l'ai connue à seize ans, et jusqu'à mon service militaire. Elle était brune, avec des grands yeux noirs, la peau mate, sa famille était voisine de la mienne, en bas, dans l'Hérault. On se retrouvait dans une grange, la nuit. On regardait les étoiles à travers la fenêtre du fenil, et elle m'apprenait à les connaître.

Il soupira, expliqua :

– Quand je suis parti en Algérie, elle m'a promis de m'attendre et elle a tenu parole.

Il hésita, poursuivit d'un ton si bas que je l'entendis à peine :

– À mon retour, je lui ai fait peur. Elle ne m'a pas reconnu. Elle me disait : « C'est bien toi, Achille, tu es sûr que c'est toi ? »

Il soupira de nouveau, murmura :

– Alors elle est partie et je ne l'ai plus jamais revue.

Il laissa passer de longues secondes avant de reprendre d'une voix faussement enjouée :

– Mais peut-être qu'elle m'attend là-haut, dans notre étoile, allez savoir !

Il se tut définitivement, et moi aussi. Au cœur de cette nuit qui avait quelque chose de magique, d'irréel, je me sentais merveilleusement bien, tout proche de ce monde que j'avais ignoré pendant les premières années de ma vie. C'était comme des retrouvailles, une rencontre avec un pays oublié, revenu à moi d'un temps lointain mais précieusement ressurgi et qui me faisait signe : une proximité essentielle peut-être issue du plus profond des âges, mais négligée, perdue, sacrifiée à des préoccupations dérisoires. Je m'endormis avec la sensation d'avoir renoué avec ma vraie nature, pacifié, confiant dans les jours qui succéderaient à ces nuits lumineuses.

Je dormis jusqu'au matin sans le moindre rêve, et

quand je m'éveillai, Achille n'était plus là. Je l'entendis parler aux brebis dans la bergerie, et je m'approchai du réservoir d'eau pour me rafraîchir et faire une rapide toilette. Ensuite, je le rejoignis, et il me dit, d'une voix froide :

– Vous savez, la nuit, on ne sait pas ce qui vous passe par la tête. Parfois, on dit n'importe quoi.

Je ne répondis pas. Je partis dans la maison pour faire chauffer du café, en me demandant ce qu'Achille défendait là, mais quand il arriva pour déjeuner, je ne lui posai pas de questions. Je savais qu'il y aurait d'autres nuits, d'autres secrets révélés, d'autres constellations à découvrir, d'autres étoiles à nommer et qu'il ne refuserait pas de les partager avec moi.

23

L'ÉTÉ AFFERMIT sa prise sur le vieux causse, mais les orages commencèrent à rôder au-dessus des vastitudes désolées. Une poigne de feu fit crépiter les sauges, les coronilles, les gesses et les vipérines. Le derme du plateau se mit à roussir, et le tonnerre gronda dans les lointains. Heureusement, Achille avait fini de rentrer le foin, et nous pûmes repartir tous les deux, dès le matin, en suivant un itinéraire qu'il choisissait soigneusement en fonction des abris de sa connaissance, au cas où l'orage éclaterait.

Un après-midi, alors que nous étions loin du hameau, des nuages d'encre, d'un noir effrayant, se mirent à monter dans le ciel où fuyaient déjà les oiseaux.

– C'est pour nous, me dit Achille.

Il envoya le chien presser le troupeau, car nous étions encore loin de la vieille bergerie abandonnée qu'il connaissait, au creux d'une doline qui la préservait de la foudre. Le vent se leva, brossant les cheveux d'ange qui se mirent à onduler comme une houle marine. Nous ne pûmes pas arriver à l'abri avant les premières gouttes qui s'écrasèrent avec un bruit mat contre les roches chaudes. Si lui était protégé par sa cape de berger confectionnée pour résister à la pluie, pour ma part je n'en possédais pas, si bien que j'arrivai trempé sous l'abri aussitôt secoué par un éclair fauve, qui parut fuser au ras du sol.

– Il était temps ! fit Achille.

Les brebis s'étaient serrées les unes contre les autres, baissaient la tête et tremblaient. Le tonnerre ne cessait d'ébranler le plateau noyé sous les cataractes d'eau que le vent faisait crépiter contre les murs. La température avait chuté de plus de dix degrés en quelques minutes et j'avais froid. Achille s'en aperçut et fit du feu dans un angle où étaient entreposés à cet effet quelques bûches et du petit bois pour allumer. Tout de suite monta cette odeur de cheminée que j'avais sentie chez Louise, et qui, avec les flammes vives, me donna agréablement la sensation d'être entré dans un abri sûr. Mes mains étalées au-dessus d'elles se réchauffèrent vite et mes vêtements séchèrent rapidement, tandis que les brebis s'approchaient de nous afin de bénéficier du feu.

L'orage semblait installé pour longtemps, car le tonnerre ne cessait de rouler d'un bout à l'autre du causse, dans des ébranlements de fin du monde, mais je me sentais bien, là, au sein de cet abri de fortune, dans une pénombre que l'absence de fenêtre rendait plus sereine. Achille ne parlait pas. Il observait les bêtes et s'inquiétait de celles qui toussaient, puis son regard revenait vers les flammes et paraissait s'y perdre. Il finit par murmurer comme pour lui-même, sans s'adresser à moi :

– Je m'en méfie, de ces orages. Une année, j'étais jeune encore, la foudre m'a tué dix brebis.

Il soupira, ajouta :

– Le propriétaire me les a retenues sur ma paye ; autant dire qu'il ne me restait rien.

Soudain la foudre s'abattit à une cinquantaine de mètres de notre abri, au sommet d'un rocher qui dégagea une odeur de soufre dont le nuage léger coula jusqu'à nous.

– Elle ne retombe jamais au même endroit, dit Achille, comme s'il était soulagé. L'orage va finir par s'éloigner.

J'en revins à sa confidence sur ses brebis foudroyées et je lui demandai si ses parents, à l'époque, l'avaient aidé à passer le cap.

– J'étais le dernier, et ils avaient d'autres soucis. Tous mes frères et sœurs, à part Camille, l'aîné, étaient partis et se débrouillaient, alors pourquoi m'auraient-ils aidé, moi ?

– Mais où sont-ils, vos frères et sœurs, aujourd'hui ?

– Beaucoup sont morts. Ils étaient partis en ville ; à Montpellier, à Lyon, à Paris, un peu partout, quoi.

– Et personne n'a gardé la maison familiale ?

– Si. Camille, mais il a été obligé de vendre et il est parti lui aussi.

– Alors il n'y a plus personne là-bas ?

– Non.

– Et tous ceux de votre famille sont morts ?

– J'étais le plus jeune, comme je vous l'ai dit. Mais il me reste une sœur, qui vit dans la banlieue de Lyon, à Villeurbanne.

Il ajouta, après un haussement d'épaules résigné :

– On s'écrit de temps en temps.

J'hésitai un instant, avant de demander :

– Votre frère aîné, celui qui a gardé la maison et le troupeau, il ne vous a pas dédommagé ?

– Il ne pouvait pas. Il a eu du malheur tout de suite et je n'ai jamais eu envie d'aller voir la justice. Ce sont des choses qui ne se font pas entre frères.

Moi, je n'avais pas de frère, et si je m'en étais désolé, étant plus jeune, ce regret ne m'atteignait plus depuis quelques années. Les études, le travail, la venue de Julie, les amis m'avaient tellement envahi que je n'avais plus le loisir de songer à d'autres liens, eussent-ils été plus précieux.

– L'orage commence à s'éloigner, me dit Achille.

Je demandai, tandis que les grondements me paraissaient encore d'une violence terrible :

– Comment le savez-vous ?

– C'est très simple : il faut compter les secondes qui s'écoulent entre l'éclair et le tonnerre. Plus il se passe de temps, plus l'orage s'éloigne.

C'étaient évidemment des connaissances qui ne pouvaient pas s'apprendre à Paris. En tout cas, moi, je n'en avais jamais entendu parler. Au reste, à Paris, où l'on vivait surtout à l'intérieur, qui se souciait vraiment de la fin d'un orage, sinon à l'heure des sorties de bureau ?

– Vous en savez, des secrets, dis-je en me tournant vers Achille.

– Ce ne sont pas des secrets. Tout le monde sait ça.

– Moi, je ne le savais pas.

Il me considéra d'un air stupéfait, mais il ne releva pas mon aveu, de peu d'importance pour lui. J'étais réchauffé, à présent, et je m'amusais à vérifier ce que m'avait révélé Achille, en comptant les secondes entre l'éclair et le tonnerre. Effectivement, elles s'égrenaient de plus en plus nombreuses, et pourtant le tonnerre continuait de gronder dans les lointains. Achille alla prendre dans ses bras une agnelle qui tremblait et la ramena près du feu. Il se mit à lui parler avec des mots connus de lui seul.

Le temps de surprise passé, je ne pus m'empêcher de lui demander :

– Vous lui parlez quelle langue ?

– La seule langue que les bêtes comprennent : la langue de chez nous.

– L'occitan ?

– Si vous voulez.

– Vous la connaissez bien ?

– Mes parents ne parlaient que celle-là. Les transhumants aussi. J'ai grandi avec, sauf à l'école où le maître nous tapait sur les doigts quand on ne parlait pas français.

– Et vous la connaissez bien, donc !

– Je ne l'ai jamais oubliée.

– C'est celle que vous préférez.

– On n'oublie jamais son enfance.

– Et son village, et sa maison.

– Tout juste.

Je laissai passer quelques instants avant de l'interroger davantage sur la vie qui avait été la sienne :

– Vous viviez dans un village ?

– Tout petit. Il s'appelait Le Mas de la Méjane, entre Gignac et Saint-Guilhem-le-Désert.

Il rêva un moment, poursuivit :

– Enfin, on n'habitait pas dans le village, mais à deux kilomètres, et j'allais à l'école à pied, en courant.

– Pourquoi en courant ?

– J'ai aidé mon père dès l'âge de cinq ans. On n'était pas riches : peu de terres, un petit troupeau, pas d'eau, mais c'était bon quand même.

Il relâcha l'agnelle qui se précipita vers sa mère, puis il se dirigea vers la porte pour observer le ciel, et prophétisa :

– Encore dix minutes et ce sera fini.

Il revint vers moi, éteignit soigneusement les flammèches qui achevaient de se consumer, puis il me dit, en se moquant un peu, me sembla-t-il :

– Si vous devez rester, il vous faudra acheter une cape imperméable comme la mienne.

Et il ajouta, aussitôt, devenant plus sérieux :

– Mais ce ne sera sans doute pas la peine.

C'était plus une question qu'une information. Je le compris, mais je ne sus quoi répondre. Il repartit vers la porte, risqua un œil à l'extérieur, reprit, changeant brusquement de sujet :

– Il s'éloigne vers les Cévennes. C'est presque fini.

Même les brebis le devinaient. Les meneuses se rapprochaient de la porte dont elles s'étaient éloignées dès leur arrivée, craignant la foudre. Une petite pluie fine mais chaude tombait maintenant, avec un bruit d'huile mise à frire dans une poêle.

24

DIX MINUTES plus tard, nous aperçûmes en sortant un arc-en-ciel au-dessus des collines, le soleil ayant troué les derniers nuages. Un air nouveau régnait sur l'herbe rase qui avait attendu la pluie si longtemps et une odeur fraîche au goût de menthe circulait dans la doline. On aurait dit que le monde se réveillait d'un mauvais rêve. J'en fis la réflexion à Achille, qui répondit après m'avoir dévisagé bizarrement :

– C'est un peu vrai.

Les brebis avaient retrouvé de l'énergie et se seraient égaillées si le chien n'avait pas fait bonne garde. À l'extrémité de la doline, comme si elles avaient deviné ce qui les attendait, elles se précipitèrent vers la lavogne qui n'était plus à sec, mais, au contraire avait refait une petite provision d'eau grâce à l'orage. Elles burent longuement, paisiblement, puis repartirent d'un pas pressé, espérant sans doute un regain de l'herbe revivifiée par la pluie, mais en pure perte : elle avait trop souffert, et trop longtemps, de la canicule. Alors les brebis reprirent une marche plus lente, et Achille me dit :

– On va commencer à rentrer. Avec ce chaud et froid, je ne voudrais pas qu'elles tombent malades. La température a chuté d'au moins vingt degrés en une heure.

On respirait mieux, à présent, tellement mieux que les brebis ne paraissaient pas pressées de retrouver l'air saturé de la bergerie. Il fallut faire intervenir Hector à plusieurs reprises, mais il se montra trop nerveux – sans doute à cause de l'orage – et Achille, pour la première fois depuis que je le connaissais, le morigéna avec contrariété. Il retrouva son calme au fur et à mesure que nous approchions de la bergerie et ce fut en arrivant, une heure plus tard, qu'il s'arrêta brusquement et me dit, d'une voix chargée d'une émotion mal contenue :

– Quand même, vivement que Louise revienne !

Je compris qu'il avait souffert en silence de cette absence et ne me l'avait jamais avoué. Je le découvrais soudain fragile alors qu'il m'avait toujours paru être un roc. Et je me demandais si leur solitude à deux ne les avait pas rapprochés plus qu'ils ne pouvaient le dire. Le mari de Louise était mort depuis longtemps, m'avait-elle précisé un soir. Était-il donc impossible que ces deux êtres isolés dans leur existence du bout du monde se soient rapprochés plus intimement ? Certainement pas. Au moment du décès de son époux, Louise n'avait pas soixante ans et Achille encore moins. Il était dans la force de l'âge, ou presque. Alors ? C'était évidemment là une question que je ne leur poserais jamais, mais j'étais persuadé qu'une confidence, un jour, leur échapperait.

En arrivant devant la bergerie, ce soir-là, je dis simplement à Achille qui me remercia d'un hochement de tête :

– Si elle ne téléphone pas ce soir, on l'appellera.

25

LOUISE revint au début du mois d'août, amaigrie, mais souriante, et très heureuse, nous dit-elle, de nous retrouver, ainsi que sa maison. Elle était affaiblie, ses yeux clairs paraissaient enfoncés davantage dans leurs orbites, et une sorte de faille s'était glissée en eux, comme si ce qu'elle avait vécu avait ébranlé en elle quelque chose d'essentiel, dans un corps très âgé. Dès le premier jour, je décidai de veiller sur elle et de ne plus suivre Achille durant la journée. Quand je lui en fis l'aveu, il m'approuva aussitôt et me dit :

– Je partirai plus rassuré.

En ces premiers jours d'août, les orages continuaient de gronder et éclataient régulièrement, deux ou trois fois par semaine, dans un fracas de fin du monde qui ébranlait les collines. Louise, alors, portait la main vers son cœur, haletait, puis m'avouait :

– Les orages m'ont toujours oppressée.

Quand je lui demandais si elle souffrait, elle répondait :

– Non. Pas vraiment. Beaucoup moins, aujourd'hui.

Et peu à peu elle me fit des confidences sur ce qu'elle avait vécu, d'abord à l'hôpital puis dans l'établissement de rééducation en banlieue de Montpellier. Un soir, elle me dit :

– Ils m'ont appris qu'ils avaient arrêté mon cœur de battre pendant quelques minutes. Vous vous rendez compte de ce qu'ils peuvent faire ! Vous croyez que c'est possible, ça ?

– C'est possible, Louise.

– Alors j'étais morte ?

– Non : les médecins avaient branché votre corps sur un appareil qui continuait à faire circuler votre sang.

Elle parut rassurée :

– Ah ! Bon ! fit-elle, parce que je m'inquiétais, vous savez ?

– Et de quoi ?

– D'avoir été morte et de n'avoir rencontré personne.

– Ne vous inquiétez pas : vous n'avez pas ressuscité d'entre les morts. Vous êtes bien restée vivante.

Elle réfléchit un long moment, me demanda d'une voix hésitante :

– Vous croyez en l'Éternel, vous ?

Que répondre ? Comme je demeurais silencieux, elle ajouta :

– Vous qui êtes savant, vous devez en savoir des choses là-dessus.

– On n'apprend pas ces choses-là dans les écoles, Louise.

Elle parut déçue, alors je repris :

– J'espère qu'il y en a un, mais je n'en suis pas sûr.

Et j'ajoutai aussitôt :

– Achille y croit, lui.

– Ah bon !

– Oui.

– Il vous l'a dit ?

– Il croit à une autre vie dans les étoiles.

Je le regrettai aussitôt : avais-je trahi la confiance d'Achille ? Je m'en voulus et cherchai à changer de sujet, mais elle y revint d'elle-même.

– Il ne m'a jamais fait ce genre de confidences, à moi.

Elle poursuivit d'une voix bizarre :

– Pourtant il aurait pu, quelquefois.

Je devinai que je ne m'étais pas trompé : ils avaient bien partagé une intimité autrefois, après le décès du mari de Louise. Mais je me gardai bien d'insister sur ce sujet afin de ne pas être indiscret. Lancée dans ses confidences, elle m'avoua :

– Je peux bien vous le dire maintenant : quand je

suis partie, j'étais persuadée de ne pas vous retrouver à mon retour.

– Je vous l'avais promis.

– Oh ! Vous savez ! Les promesses !

– Qu'est-ce qui vous a fait penser ça ?

– Vous venez de si loin, vous êtes habitué à la grande ville, vos parents et vos amis sont là-bas, vous n'avez jamais vécu une vie comme la nôtre, je le sais bien.

Elle soupira, ajouta :

– Elle n'a pas d'intérêt pour vous.

– Alors pourquoi pensez-vous que je suis là ?

– Vous avez fui un malheur, mais vous allez l'oublier et vous repartirez, c'est obligé.

Que répondre pour ne pas trop l'inquiéter ? Je lui confiai simplement :

– Pour le moment, je suis bien, ici, avec vous. Et en oubliant le malheur, j'oublie aussi ma vie d'avant.

Je ne pus me résoudre à lui avouer que les messages continuaient d'affluer sur mon smartphone, et que ma mère avait demandé à ma sœur de la conduire vers moi pour « me faire retrouver la raison ». Quant à Lucas et à mes amis, ils me menaçaient de venir passer un week-end sur le causse. Je leur avais répondu que personne ne pouvait les accueillir, et que, d'ailleurs, ils ne me trouveraient pas.

Cependant, devant tant d'insistance, j'avais fini par laisser se décharger mon smartphone que je ne pouvais donc plus activer. J'avais depuis ce jour-là la sensation d'avoir coupé tous les ponts qui me reliaient encore à un monde dont je me demandais de temps en temps s'il avait existé. Et cette idée, parfois, me faisait peur. Heureusement, dès que je me retrouvais en présence de Louise ou d'Achille, le monde se replaçait dans ses gonds, tout me paraissait naturel, plein de bon sens et de raison.

Ma vie à Paris s'éloignait lentement, mais inexorablement, me semblait-il, et une seule envie demeurait forte en moi : celle de côtoyer ces deux êtres qui m'étaient étrangers, m'appuyer sur leurs certitudes essentielles, les écouter parler de la vie qu'ils avaient menée, et dont les récits, inexplicablement, me rassuraient, rendaient le monde de nouveau habitable.

26

AINSI, Louise, profitant de ma présence, revisitait la sienne, après avoir eu peur de la perdre. Elle la parcourait devant moi, la voix faible, désormais, mais empreinte d'une émotion que je partageais sans avoir à me forcer, au contraire : je découvrais une existence que je n'aurais jamais été capable d'imaginer, mais dont la révélation démontrait amplement la confiance qu'elle m'accordait.

– Je suis née à Florac, me confia-t-elle, peu après son retour. Mes parents possédaient la plus belle maison du bourg, en pierres de taille, qui datait du temps des dragonnades contre la religion réformée. Pour cette raison, elle avait une cave secrète à laquelle on accédait par un escalier qui s'ouvrait derrière une trappe invisible à qui ne le savait pas. Je suis certaine qu'elle avait dû servir, cette cave, et plus d'une fois, au temps des dragonnades !

Elle soupira, reprit aussitôt, comme en confidence :

– Oui, on est tous protestants, ici, ou presque, et nos aïeux en ont souffert. Mes parents l'étaient, mes ancêtres aussi, quant à moi, je ne vais plus au temple à mon âge ; il n'y en a pas, ici, ils sont trop loin. Mes parents, oui, et ils m'y emmenaient quand j'étais petite. Je n'y comprenais pas grand-chose, mais j'écoutais le pasteur, même si ça me faisait peur... C'est loin, tout ça...

Elle eut un sourire, poursuivit :

– Mon père faisait le commerce des brebis et des agneaux, il les achetait, les expédiait à Paris ou dans les grandes villes, et il a fini par gagner de l'argent. C'est lui qui a acheté cette propriété, ici, sur le causse, et qui a monté le troupeau... Quand je me suis mariée, il me l'a confié avec Henri, mon époux, et c'est mon frère qui est resté avec mon père avant de prendre sa suite... C'était entendu comme ça : à moi le troupeau et le causse, à mon frère Jean le commerce et la maison de Florac...

Un long silence régna entre nous pendant plusieurs minutes, puis elle reprit, baissant la voix :

– On n'a jamais pu avoir d'enfant avec Henri. C'était un fardeau qu'on portait tous les deux, à tour de rôle... Il pensait que c'était à cause de lui, moi que c'était à cause de moi, mais on n'en savait rien, en réalité : on n'a jamais voulu faire des examens pour comprendre... C'était pas comme aujourd'hui, à l'époque… La science en savait un peu moins, et on avait d'autres soucis que celui-là.

Sans que je puisse m'en défendre, Julie apparut devant moi et je me souvins de nos efforts pour faire un enfant après avoir longtemps hésité à cause de nos métiers si exigeants. Quand nous avions pris la décision d'en concevoir un, nous avions eu du mal à y parvenir, au point d'y renoncer, ou presque, inconsciemment. Je la revis le matin de sa disparition, à l'instant où elle m'avait dit avec ce sourire qui creusait aux coins de ses lèvres deux minuscules fossettes dont je rêvais en son absence, quand elle plaidait à l'étranger : « Je vais faire des examens approfondis. Nous aurons un enfant bientôt, il ne peut pas en être autrement… » Jamais elle n'avait été si belle que ce matin-là, et jamais je n'aurais pu supposer que je ne la reverrais plus vivante.

Louise remarqua que j'étais reparti dans ma vie d'avant, et elle s'en voulut :

– Je n'aurais pas dû vous raconter tout ça. Après tout, chacun dans la vie a son lot de misères. Vous avez eu votre part.

Et elle ajouta aussitôt :

– Mais je vous l'ai déjà dit une fois, je crois : j'ai plaisir à imaginer que mon fils vous aurait ressemblé.

– Je vous remercie, Louise.

– Ne me remerciez pas, allez ! Depuis que vous êtes

là, j'ai l'impression de n'avoir pas tout perdu… J'ai retrouvé la confiance, et je crois que c'est pareil pour Achille.

– C'est m'accorder trop d'importance.

– Je ne crois pas.

Ses yeux si clairs demeurèrent attachés à moi un long moment puis se voilèrent quand elle ajouta :

– Vous nous faites beaucoup d'honneur en vous attachant à nous qui ne sommes rien pour vous.

Cette humilité me bouleversa au point que je répliquai d'un ton mal maîtrisé :

– Vous ne pouvez pas parler comme ça, Louise.

– C'est pourtant la vérité. Qui sommes-nous, Achille et moi ? Un vieil homme et une vieille femme qui ne sont même pas capables d'aller au terme de la vie qu'ils ont choisie.

– Vous n'êtes pas responsables du fait que le monde ait tellement changé… Vous n'êtes coupables de rien.

– Coupables de rien, peut-être, mais comment pourrais-je vendre le troupeau, partir à Florac et abandonner Achille après tout ce qu'il m'a donné, tout ce dévouement qu'il a manifesté ?

Elle soupira, reprit après s'être redressée sur sa chaise :

– Heureusement, mon cœur est tout neuf. Je

compte bien lutter jusqu'au bout de mes forces, et Achille m'y aidera.

– Moi aussi, Louise, dis-je sans mesurer la portée des mots que je prononçais.

– Vous avez déjà beaucoup fait, répondit-elle. Ne vous sentez pas obligé de rester plus que c'est nécessaire pour vous.

Je souris, demandai :

– Vous voulez que je m'en aille ?

– Ne vous faites pas plus bête que vous n'êtes. Vous savez bien que vous nous êtes d'un grand secours.

Je me levai pour la remercier ; elle se leva à son tour, et elle m'embrassa rapidement, avant de se réfugier dans la cuisine afin de ne pas s'abandonner à une émotion à laquelle elle n'était pas habituée.

27

L'ÉTÉ BASCULA vers la fin août dans une nouvelle canicule que les orages n'atténuaient même plus. Le causse pliait l'échine sous le feu du ciel, il sentait la pierre chaude, le buis, les fleurs flétries, et les carlines à feuilles d'acanthe, qu'Achille nommait cardabelles. Elles étaient désormais assez sèches pour être clouées sur les portes des bergeries afin de chasser les maladies, comme c'était la tradition. Les brebis cherchaient l'ombre dès le matin, quand nous partions ensemble, avec Achille, rassurés maintenant par l'amélioration de la santé de Louise.

– Ne vous souciez pas de moi, plaisantait-elle, je vous enterrerai tous les deux !

J'avais réussi à décourager ma sœur et ma mère, en les menaçant de fuir plus loin si elles cherchaient à me rejoindre. Quant à Lucas, il avait renoncé à comprendre une volonté, un choix, un exil, que rien dans son éducation comme dans son tempérament ne le prédisposait à approuver. Je me sentais libre, de plus en plus proche d'Achille qui m'avait appris le nom de la plupart de ses brebis, leur caractère, capricieux ou docile, et je les reconnaissais maintenant presque aussi bien que lui. Il m'avait pourtant paru impossible de donner un nom à plus de trois cents bêtes, mais ce n'était pas un obstacle pour Achille qui baptisait les agnelles dès leur naissance en même temps qu'il agrafait à l'intérieur de l'oreille leur fiche d'identité obligatoire. Le nom qu'il leur donnait tenait à la fois du patois et du français, avec une sonorité qu'Achille maîtrisait parfaitement, et qui n'avait de sens que pour lui : des mots qui devaient résonner et se faire entendre de loin.

Nous rentrions tôt à cause de la chaleur, et aussi parce que l'herbe, déjà, devenait rare. Depuis qu'il faisait chaud, j'avais pris l'habitude de dormir dehors, d'autant plus que les nuits d'août fraîchissaient plus vite qu'au début de l'été. Achille m'avait appris que c'était un mois où l'on apercevait des milliers d'étoiles filantes, surtout après l'Assomption. Et c'était vrai : dès que la nuit tombait, elles se succédaient par centaines, créant comme un lien mystérieux entre les constellations.

– Il faut faire un vœu, me disait Achille chaque soir en apercevant la première.

Et il ajoutait aussitôt :

– Il doit rester secret.

Je faisais toujours le même avec un pincement au cœur : « Que Julie me revienne. » C'était absurde, mais sous cette voûte céleste animée de lumières magiques, il me semblait que rien n'était impossible, ou que quelque sortilège venu de là-haut pouvait modifier les lois de nos existences terrestres. Achille ne me confiait jamais rien du sien, ou des siens. Après un bref silence, il me parlait des constellations visibles uniquement en été : la Baleine, le Verseau, la Vierge. Et il me montrait des étoiles nouvelles : Procyon dans la constellation du Petit Chien, Capella dans celle du Cocher, Deneb dans celle du Cygne. Mais il en revenait toujours à l'étoile du Berger, guettait les étoiles filantes qui la frôlaient, comme s'il redoutait un maléfice qu'elles auraient été capables de projeter sur cette île céleste dont il semblait avoir la garde et dont il savait tout. Je dormais, me réveillais souvent, et chaque fois Julie s'interposait entre le ciel et moi.

Une nuit, je la revis le jour où je l'avais aperçue pour la première fois, en première année de droit à la faculté d'Assas. Dans la bibliothèque universitaire, il n'y avait qu'une place disponible, à côté d'elle. Je lui avais demandé si la place était libre ou si elle attendait quelqu'un. Ses yeux verts s'étaient levés sur moi, avec cette lumière qui, cet après-midi-là, m'avait paru venir d'ailleurs, en tout cas de très loin. C'était peut-être celle-là, au reste, qui me revenait à l'esprit sous les étoiles, allongé sur le dos, en ouvrant subitement les yeux.

– Je n'attends personne, m'avait-elle répondu.

Et elle avait ajouté aussitôt, dans un sourire qui m'avait semblé légèrement moqueur :

– Est-ce vraiment quelque chose dont on peut être sûr ?

Puis elle avait repris sa lecture avec une attention qui m'avait paru distraite, tandis que je m'asseyais en tentant de faire le moins de bruit possible. À plusieurs reprises, elle avait légèrement tourné la tête vers moi, sans prononcer un mot. Puis, au terme de dix minutes, elle avait murmuré avant de se lever :

– Je ne crois pas au hasard.

Et elle était partie, me laissant incapable d'étudier la page d'un cours de finances publiques qui s'offrait à mes yeux… Deux jours plus tard, à la même heure, je l'avais retrouvée à la même place et j'avais seulement prononcé trois mots en m'asseyant près d'elle :

– Moi non plus.

Elle avait ri, et, le soir, nous étions allés prendre un verre au café situé à l'angle de la rue d'Assas et de la rue Mabillon, face à une entrée du jardin du Luxembourg. Puis nous étions allés marcher dans le jardin, jusqu'à la nuit. Je l'avais découverte à la fois légère et énergique, mystérieuse et limpide. Complexe, donc, mais éclairée par une lumière meilleure que celle de nos jours. Est-ce pour cette raison qu'elle avait si peu vécu ? Avait-elle été appelée à quelque tâche supérieure, inconnue des vivants ? Voilà le genre de questions que je me posais au cours de ces nuits-là, bercé par le chant des grillons, le souffle proche d'Achille qui poursuivait ses propres rêves, ses propres chimères, et surveillait attentivement l'immense troupeau des étoiles dont il se disait le gardien.

28

LE MATIN me trouvait pourtant apaisé. La vie reprenait ses droits, dans l'odeur chaude de la bergerie, la présence fidèle et sûre des brebis, tandis que j'aidais Achille à changer les litières ou à distribuer de l'orge aux agnelles. Ensuite nous rejoignions Louise pour le petit déjeuner, alors que le soleil montait au-dessus des collines, implacable et sûr de sa force à repousser les orages et à renvoyer l'automne à plus tard. Un matin, Louise nous dit :

– Je me sens mieux.

Elle était redevenue gaie, moins soucieuse de l'avenir, et pourtant, un soir, en rentrant avant Achille, je la trouvai allongée sur le sol du couloir, les yeux clos, le souffle court, évanouie, me sembla-t-il. Je parvins à l'appuyer du dos contre le mur, à lui donner à boire, mais elle avait du mal à ouvrir les yeux. Je lui proposai de faire le 15 ou d'appeler les pompiers du village le plus proche, mais elle parvint à murmurer :

– Non ! Ça passe ! Ça va mieux.

– Il y a longtemps que vous êtes tombée ?

– Je ne suis pas tombée. J'ai eu un vertige en rentrant de la bergerie, mais j'ai eu le temps de m'allonger.

Elle inspira profondément, ajouta :

– Ne vous inquiétez pas : c'est la chaleur. Je n'aurais pas dû sortir.

Je ne fus pas du tout rassuré par ces mots, et j'insistai pour appeler les secours. Alors elle fit un grand effort sur elle-même pour se lever, mais elle n'y réussit pas.

– Aidez-moi ! me dit-elle. Je vais aller me reposer dans ma chambre quelques minutes.

Sa chambre, heureusement, était au rez-de-chaussée, et mon bras sous ses épaules, je pus la soutenir jusqu'à son lit. Il y faisait frais, car elle fermait ses volets dès le matin et n'aérait que la nuit. Une fois couchée, la tête reposant sur deux oreillers, elle souffla :

– Ça va beaucoup mieux, vous pouvez me laisser.

– Vous êtes sûre ?

– Mais oui. Tout va bien, je vous dis.

Je fis quelques pas en arrière, m'apprêtai à sortir quand elle m'arrêta du bras :

– Pas un mot à Achille. Ce n'est pas la peine de l'inquiéter pour rien.

Je fis un signe de tête approbateur et sortis de la chambre, pas du tout persuadé qu'elle avait subi un malaise sans gravité, comme elle le prétendait. Mais quand Achille arriva pour le dîner, un peu plus tard, elle était de nouveau debout, s'appliquait à agir comme si rien ne s'était passé, et je tins ma promesse, non sans me demander si je n'allais pas rapidement le regretter.

29

HEUREUSEMENT, le ciel demeura couvert au cours des jours qui suivirent et la température chuta de quelques degrés, rendant la vie plus facile. Je fis un aller-retour rapide à Paris pour prendre du linge, relever le courrier, le faire suivre, régler les factures et quelques problèmes financiers, mais je ne rendis visite ni à ma mère ni à Lucas. Je ne voulais surtout pas que ces trente-six heures nuisent à ce nouvel équilibre, fragile encore, qui me permettait de respirer sans trop souffrir.

Quand je revins, le 30 août au soir, peu avant la nuit, j'assistai de ma voiture à un magnifique coucher de soleil sur le mont le plus haut du causse, qui culminait à mille trois cents mètres, et que l'on apercevait au loin depuis la route. L'orangé du ciel virait au rouge, embrasant la mince couche de brume qui paraissait veiller sur le mont en dessinant au-dessus de lui une sorte de cape légère comme un foulard de soie. Aussitôt je me revis avec Julie dans l'avion qui nous avait conduits à Rome, un an auparavant, et je me souvins d'un semblable coucher de soleil au-dessus de la ville couleur de brique, peu avant l'atterrissage. Elle m'avait dit :

– Regarde ! On dirait que le ciel saigne.

À ce souvenir fugace mais pourtant si présent, ce fut mon cœur qui se mit à saigner, ce soir-là, en regagnant mon refuge. Heureusement, Achille et Louise m'attendaient pour dîner, car je leur avais donné l'heure approximative de mon arrivée. Et dès que je m'assis à table, face à eux, j'oubliai Rome et Julie, si loin, soudain, de cette maison où Achille et Louise paraissaient soulagés de me voir, comme si, une fois de plus, ils avaient redouté que je ne revienne plus. Achille me parla d'une agnelle qui boitait, Louise du boulanger qui était passé mais qui, très âgé, ne trouvait pas de repreneur pour un si petit commerce.

– C'est égal, dit-elle, s'il ne passe plus, je remettrai en service le four.

Et la conversation dura sur ces thèmes pratiques et quotidiens qui savaient si bien, chaque fois, m'apaiser. Ils ne me posèrent pas de questions au sujet de mon bref voyage. D'ailleurs ils ne l'avaient jamais fait, sans doute parce qu'ils craignaient d'apprendre une mauvaise nouvelle, plus probablement parce qu'ils n'osaient pas s'approcher d'un monde qu'ils devinaient redoutable, de surcroît étranger à leurs préoccupations essentielles. Je ne leur en dis rien, sinon que j'étais heureux de les revoir. Et c'était vrai : dans leur solitude et leur fragilité, ils m'apparurent comme deux enfants perdus, qui retrouvaient avec bonheur quelqu'un sur qui pouvoir compter pour affronter un avenir incertain.

De fait, une fois couché, ce soir-là, l'agréable sensation d'avoir trouvé un sens à une vie qui n'en avait plus me fit oublier toutes les démarches que j'avais dû faire à Paris et m'éloigna des préoccupations de la société urbaine dans ce qu'elle avait de hâtif, de faux, de mercantile, dans une abondance qui prenait ici, sur ce causse, un côté méprisable. Ce qui là-bas était banal, partout présent, était ici précieux, ne serait-ce que le pain. En même temps je m'étonnai de ces convictions nouvelles, si rapidement acquises en ces lieux, et qui jetaient à bas toutes les valeurs avec lesquelles j'avais vécu jusqu'à trente ans. Et cela à cause de, ou plutôt grâce à deux êtres qui m'étaient inconnus quatre mois auparavant. C'était impensable, et pourtant c'était vrai. Je m'endormis avec la sensation de me trouver à ma place sur une terre qui ne m'appartenait pas, mais qui avait accepté ma présence sans rien exiger de moi.

30

LE LENDEMAIN, Achille m'apprit que Louise avait eu un malaise en mon absence, le matin, alors qu'ils déjeunaient, et qu'elle avait refusé d'appeler un médecin. Je ne lui révélai pas que ce n'était pas le premier, d'autant que nous fûmes surpris par trois randonneurs : un homme et deux femmes que, inexplicablement, nous n'avions pas devinés, étant assis dos contre un rocher, face au troupeau, en haut d'une colline. Le chien, surpris comme nous, n'avait même pas aboyé, mais il se rattrapait maintenant, avec fureur. Achille en fut contrarié : ce n'était pas dans ses habitudes que d'être surpris ainsi par des étrangers. D'ordinaire, il les apercevait de loin et s'en éloignait. Aussi montra-t-il tout de suite de l'hostilité en répondant à l'homme qui demandait si le troupeau était à nous :

– À qui voulez-vous qu'il soit ?

– Un très beau troupeau, reprit l'homme.

J'esquissai un sourire pour me montrer agréable, ce qui encouragea une des deux femmes, la plus petite, dont on devinait à peine les yeux sous le chapeau de pluie.

– Et combien de bêtes dans ce grand troupeau ?

– Ce ne sont pas des bêtes, mais des brebis, rectifia Achille.

Ils devinèrent sa mauvaise humeur, voulurent se montrer aimables, mais ne firent qu'augmenter son hostilité par leurs questions de gens habitués à la ville :

– Vous n'en perdez jamais ?

Achille leur tourna le dos mais je demeurai près d'eux pour essayer de les satisfaire. Ils remarquèrent alors que j'avais l'accent parisien, s'en étonnèrent :

– Je suis en vacances, répondis-je.

– Le berger est votre père ?

– Non.

Qui était Achille, au juste, pour moi ? Je répondis du bout des lèvres :

– C'est mon oncle.

– Quelle chance avez-vous de pouvoir passer des vacances ici ! fit la deuxième des femmes, la plus âgée, qui devait être l'épouse de l'homme vêtu d'un imperméable vert.

– Oui, c'est vrai, dis-je, tout en me retournant vers Achille qui avait mis le troupeau en marche et houspillait Hector.

– Quelle intelligence, ce chien ! fit le randonneur, qui devait avoir une soixantaine d'années. C'est votre oncle qui l'a dressé ?

– Oui.

– Comment l'appelle-t-il ?

– Hector !

– Quel drôle de nom !

Je continuai de répondre à leurs questions pendant encore quelques minutes, puis je rejoignis Achille et lui reprochai en plaisantant son manque d'amabilité.

– Ils me prennent pour un sauvage ! s'insurgea-t-il.

– Mais non ! Ils n'ont rien dit de tel !

– Ils trouvent tout beau, tout magnifique, ils font semblant de m'envier, et ils ne se rendent pas compte que c'est un travail de veiller sur des brebis, et un travail pour lequel on ne compte pas ses heures, ni le jour ni la nuit. Aucun d'entre eux ne serait capable de faire ce que je fais.

Je crus qu'il concevait une certaine amertume de cette constatation, mais ce n'était pas le cas. Il en était bien incapable. En réalité, ce qu'il ne supportait pas, c'était de voir les randonneurs considérer son travail comme un amusement de chaque instant. Il se sentait dévalorisé, humilié sans doute, d'apparaître comme un homme frivole, incapable de sérieux, soucieux seulement de sa propre liberté et de son bon plaisir. Et lui savait pourtant à quel point son métier était difficile, prenant, ingrat et parfois cruel.

Nous en eûmes l'expérience l'après-midi même, quand une agnelle se cassa une jambe en tombant d'un rocher surplombant une doline. Elle avait été poussée par le troupeau pressé d'arriver en bas, où l'herbe était meilleure. Achille se précipita, et je le suivis près de l'agnelle qui bêlait de douleur sans pouvoir se remettre debout. Il palpa les pattes une à une, trouva la fracture, et me dit qu'il allait rentrer parce qu'il n'avait pas ici de quoi la soulager.

– Gardez le troupeau, me dit-il. Il est trop tôt pour le ramener.

Je le regardai s'éloigner, portant l'agnelle qui pesait pourtant très lourd, et dont les bêlements de douleur me brisaient le cœur. Quand il eut disparu, je me demandai s'il allait pouvoir réduire cette fracture ou si le sort de l'agnelle était scellé. Cette question ne cessa de me hanter tout au long de l'après-midi, au point que je rentrai plus tôt, mais sans trouver Achille. Louise ne l'avait pas vu. Je lui appris qu'une agnelle s'était cassé une patte, et elle hocha la tête en soupirant :

– Il l'aura empêchée de souffrir.

Qu'est-ce que cela signifiait ? Devinant que c'était une question à ne pas poser, je repartis dans la bergerie pour m'occuper des brebis, où Achille me rejoignit trois quarts d'heure plus tard. Il avait le visage fermé, d'une dureté que je ne lui avais jamais vue, mais il ne me dit rien. Il s'occupa des litières en me tournant le dos, et je me gardai bien de l'interroger.

Au cours du repas du soir, il ne prononça pas un mot. Dès qu'il eut terminé, il se retira dans la bergerie, et je ne pus m'empêcher de demander à Louise ce qui s'était passé.

– Il a fait ce qu'il fallait, répondit-elle.

Et, comme je feignais de ne pas comprendre :

– Les brebis ne se remettent jamais d'une patte cassée.

Elle ajouta, en soupirant :

– Elle ne souffre plus.

Ce soir-là, je ne rejoignis pas Achille pour observer les étoiles. J'avais compris qu'il avait besoin d'être seul. Je dormis mal, cependant, dans ma chambre, en essayant d'imaginer de quelle manière il avait supprimé l'agnelle. Mais le lendemain, je ne l'interrogeai pas davantage à ce sujet. Au reste, il n'y fit aucune allusion, et, au contraire, il me parla longuement des travaux qu'il allait entreprendre avec la venue de l'automne, comme si évoquer l'avenir supprimait le proche souvenir d'un geste qu'il devait oublier.

AUTOMNE

31

DÈS LA MI-SEPTEMBRE, le causse perdit sa rousseur et devint gris, mais d'un gris cendré magnifique que faisaient étinceler les rares rayons du soleil. Avec ses haussements d'épaules fatigués, on aurait dit qu'il se hissait péniblement vers le ciel où les nuages s'amoncelaient sous les premiers caprices du vent. Louise semblait avoir surmonté l'épreuve de la canicule, mais je la soupçonnais de me cacher l'essentiel : un mal plus profond que son opération n'avait pu vaincre. Achille, lui, rentrait le bois qu'il avait coupé en juin et me laissait partir seul avec les brebis, ce qui, affirmait-il, lui rendait un grand service.

Je m'en allais donc dans la lumière cristalline du jour, m'interrogeant sur ce bien-être qui m'habitait, loin des lieux que j'avais fréquentés depuis ma naissance, et je finis par découvrir une évidence : j'étais libre, tout simplement, avec aucun compte à rendre, sinon à moi-même, ce qui n'avait jamais été le cas. Entre l'autorité d'un père juge au tribunal de grande instance et une mère trop attachée à son fils unique, j'avais grandi sous une double tutelle et une double autorité, à la fois extérieure et domestique, qui m'avait accompagné jusque dans mes études, sévèrement contrôlées.

Ensuite, une fois dans le monde du travail, j'avais dû rendre des comptes, tous les matins, sur mes résultats relatifs aux placements de la veille, et seule Julie me faisait aborder le soir dans une île heureuse. Aujourd'hui, je savourais cette neuve liberté, certes, mais pas seulement : je découvrais une alliance avec un monde que j'avais toujours ignoré, celui des grands espaces, des bêtes placides, des oiseaux ivres de leur vol sans limites… Le monde de la vérité de la vie, me semblait-il, quand je m'allongeais face au ciel, et que je dérivais au gré des nuages, en écoutant le vent qui dispersait les graines des cardabelles et m'apportait le parfum d'une terre au loin labourée dans une doline, en vue des semailles de l'orge.

Les migrateurs se regroupaient avant de partir pour l'Afrique, mais Achille m'avait expliqué que les aigles et les vautours demeureraient présents même l'hiver, ainsi que les bruants, les choucas, les buses, les corneilles, tout comme les circaètes avaleurs de serpents. Quelques grives venaient d'arriver, et cherchaient les dernières baies de cornouiller sauvées de la canicule de l'été.

Je ne voyais pas beaucoup Achille : après avoir rentré le bois, il nettoyait de fond en comble la bergerie avec sa tractopelle usagée, versait la vieille litière sur le tas de fumier destiné à servir d'engrais pour les labours, réparait les clèdes pour séparer les brebis au moment de l'agnelage, ne cessait d'aménager la bergerie pour la mauvaise saison.

Un jour, pourtant, ayant besoin de revoir le troupeau, il m'accompagna loin sur une draille que nous n'avions guère suivie, afin de trouver un peu plus d'herbe. Il devait être dix heures du matin, quand nous entendîmes des chiens aboyer au loin, puis se rapprocher de plus en plus vite.

– La chasse est ouverte, me dit Achille, d'un ton contrarié.

De fait, cinq minutes plus tard, je vis apparaître un animal roux, aux longues oreilles rabattues sur le dos, qui paraissait exténué.

– Un lièvre, fit Achille. Ne bougez pas.

Il posa la main sur le dos du chien qui s'apprêtait à bondir vers l'intrus. Alors il se passa quelque chose d'extraordinaire : le lièvre fourbu se dirigea vers le troupeau qui s'ouvrit devant lui, naturellement, puis se referma. Peu après, les chiens arrivèrent : des beagles lancés sur la piste de l'oreillard depuis plusieurs kilomètres. Alors Achille lâcha le border collie qui partit ventre à terre vers les trois beagles, lesquels stoppèrent brusquement, mais continuèrent à hurler. Les brebis amorcèrent un mouvement tournant qui déplaça avec elles le lièvre invisible aux chiens. L'odeur du troupeau était tellement forte qu'elle éteignait celle de la proie convoitée par les beagles, qui, dépités, pensant avoir perdu la piste, s'éloignèrent en hurlant de plus belle. C'est alors que les chasseurs arrivèrent au pas de course : ils étaient deux, et connaissaient Achille qui vint calmement à leur rencontre. Ils discutèrent un instant, puis Achille montra du bras la direction du sud, et les deux hommes s'éloignèrent, tentant maladroitement de courir à cause de leur embonpoint.

Achille revint vers moi, s'assit de nouveau, attendit au moins dix minutes avant de se lever et de me faire signe de le suivre. Il donna l'ordre au chien de ne pas bouger, s'avança, et je le rejoignis au moment où il pénétrait lentement dans le troupeau qui s'écarta sans difficulté. Trente mètres plus loin, au cœur de celui-ci, le lièvre était couché comme au gîte, et ne bougeait pas.

– Un jour, me dit Achille, un lièvre épuisé est venu se blottir à mes pieds, comme s'il s'en remettait à moi.

Il ajouta, non sans jubilation :

– Je l'ai vite caché dans une chazelle, et une heure après il est reparti, reposé.

– Et celui-là ? dis-je en montrant la pauvre bête incapable du moindre mouvement, malgré sa peur.

– Laissons-le. Il repartira tout seul dès qu'il s'en sentira la force.

Et nous fîmes marche arrière, laissant les brebis se regrouper derrière nous, comme si de rien n'était. Je demandai alors à Achille :

– Elles savaient qu'il était en danger ?

– Les brebis ont cet instinct. Elles sont capables de défendre une bête plus faible qu'elles.

– D'autres ont aussi cet instinct ?

– Oui. Les ânes, les chevaux, certaines races de chiens comme les patous qui défendent les troupeaux de montagne contre les ours ou les loups.

Voilà le genre d'enseignement que je recevais d'Achille, et je vérifiais implacablement chaque jour qu'il existait un monde différent de celui que j'avais connu, un monde qui avait ses lois, ses drames, ses beautés, mais surtout sa vérité.

Le lendemain de cette journée, je retrouvai ma solitude et cette sensation d'allègement, de dépouillement qui s'ajoutait à celle d'une liberté nouvelle. Elle me délestait du poids de ma vie d'avant, et en même temps de celui de la douleur. Je flottais, ivre de ciel, partant dans des aubes lasses de trop de lumière accumulée pendant l'été, au cours de ces journées languides que le début de l'automne adoucissait grâce à des caresses inespérées. J'avançais dans la pelisse rousse des fléoles que négligeaient les brebis, poussées par l'espoir vain d'une doline préservée de la canicule. Achille aurait deviné dans ces matins limpides les prémices d'un hiver secrètement en marche dans la rosée fleurie sur les drailles, mais j'en étais bien incapable.

Il m'en montra l'utilité quand il commença ses labours, un matin, la rosée ayant ameubli la terre de la doline où il sèmerait l'orge. Il paraissait heureux sur son antique tracteur, tandis que je passais près de lui, avant de m'éloigner, seul une fois de plus, avec le troupeau et ses sonnailles qui tintaient joyeusement dans la clarté du jour. Et comme à chaque départ, désormais, je retrouvais la délicieuse sensation de toucher au monde élémentaire – le monde essentiel, si éloigné de l'ancien où j'avais cru qu'il fallait vivre.

La draille où j'avançais avait vu passer des millions de pattes et de pieds depuis des siècles, cette vie pastorale avait été celle des premiers hommes, et elle demeurait la même, sous le même soleil, en marche sur les pierres des origines, sans le moindre artifice, le moindre déguisement. Et moi, j'étais là, au cœur de ce monde, un chien fidèle à mon côté, des brebis devant moi, toujours aussi incrédule de l'avoir rejoint mais désormais rallié à lui – peut-être pour toujours, me disais-je en sentant mon cœur s'affoler délicieusement dans ma poitrine.

32

Octobre fit dériver de lourds nuages dans le ciel. Le causse plia l'échine mais ne changea pas de couleur. Il s'assombrit seulement, et fit fraîchir les nuits, se lever des foucades de vent au parfum de buis, accompagnées d'immenses troupes de freux réinvestissant leur territoire un moment abandonné aux migrateurs. Les brebis traquaient l'herbe rase d'où émergeaient les camées bleus des chardons, sous un soleil plus tardif qui retrouvait sa force dans des crépuscules déclinant en apothéose de couleurs, étonnamment vives pour la saison.

Achille ne pouvant venir à bout seul de la tonte, deux jeunes tondeurs arrivèrent un matin, qu'il aida de manière à en terminer le plus rapidement possible. En guise de paiement pour leur peine, ils emportèrent la laine qu'ils se chargeraient de vendre à leur profit.

– Ça ne rapporte plus grand-chose, me dit Louise. Bientôt, ça nous coûtera des sous pour faire tondre.

Elle semblait aller mieux, avec la disparition des grosses chaleurs, jusqu'à ce soir où, en rentrant, je la trouvai allongée dans la cuisine. Contrairement à la première fois, devinant qu'elle se trouvait en danger, elle ne m'interdit pas d'appeler les secours, ce que je fis en composant le 15, non sans m'inquiéter du temps que le SAMU mettrait à arriver. Je la portai dans sa chambre avec l'aide d'Achille qui venait d'arriver, et nous ouvrîmes en grand les fenêtres, afin d'aider Louise à mieux respirer. Je restai alors à son chevet tandis qu'Achille partait s'occuper des brebis, et elle essaya vainement de parler.

Elle avait posé sa main droite sur son cœur, ouvrait de temps en temps les yeux, esquissait un pâle sourire, puis les refermait. Je tentai de la rassurer, mais elle était au-delà des mots – au-delà de la vie, même, me dis-je à un moment donné, en ayant l'impression qu'elle ne respirait plus. Achille vint à plusieurs reprises aux nouvelles et repartit, l'air sombre, maugréant contre ces secours qui n'arrivaient pas. Je m'efforçais de retenir Louise du côté de la vie en prononçant des mots dont je savais l'inutilité, mais il me semblait que par moments elle m'entendait.

Ainsi passa une heure qui me fit vraiment mesurer à quel point nous vivions isolés, loin de tout, et quel péril représentait une telle situation pour des personnes âgées, à la santé fragile. Pourtant n'était-ce pas la vie que Louise et Achille avaient choisie ? Ce destin qui se jouait n'était-il pas accepté depuis toujours ? C'est sans doute ce qu'elle m'aurait dit si Louise avait eu la force de parler, ce soir-là, au terme d'une existence dont ce pouvait être les derniers instants.

Achille était parti vers la route départementale, pour guider le SAMU. Le GPS ne servait à rien sur ces solitudes : les drailles lui étaient inconnues. Il finit par arriver, pourtant, et deux hommes vêtus de rouge fluo s'affairèrent aussitôt près de Louise avec des gestes précis, des paroles calmes, sans montrer la moindre émotion. Avant d'être branchée sous assistance respiratoire, Louise eut le temps de murmurer :

– S'il vous plaît, restez le temps que je revienne.

Une deuxième fois, je promis, mais en me demandant si elle reverrait un jour sa maison, son troupeau, et Achille, qui ne desserra pas les dents lors du repas que nous prîmes face à face, sinon, à la fin, avant de repartir vers la bergerie, en repliant son couteau :

– Cette fois, me dit-il, je crains que ce soit le bout du chemin.

Je ne sus s'il pensait au sien autant qu'à celui de Louise, mais il eut un geste désabusé des bras et soupira en hochant la tête. Devant le destin, il retrouvait l'attitude des bêtes qui souffrent en silence mais ne savent pas se plaindre. Je dus insister pour qu'il téléphone au frère de Louise, à Florac, dont nous avions par ailleurs donné le numéro aux infirmiers du SAMU, puis il s'en alla, tête basse, sans songer à me souhaiter une bonne nuit.

Je restai seul en proie à de multiples questions, d'où émergeait celle des malaises de Louise : d'où provenaient-ils, alors qu'elle avait été opérée par un éminent cardiologue de Montpellier ? Qu'allais-je faire si elle ne revenait pas ? Et son frère ? Qu'allait-il décider ? Autant de questions qui demeureraient sans réponse, je le savais, et je dormis très mal, cette nuit-là, alors que depuis mon arrivée je trouvais le sommeil très facilement, réfugié dans un monde où nulle menace ne rôdait.

33

DEBOUT à six heures du matin, je rejoignis Achille, déjà au travail dans la bergerie.

– Pas de nouvelles ? me demanda-t-il.

– Non ! C'est trop tôt. On n'en aura pas avant ce soir, je suppose.

J'ajoutai, pour ne pas lui laisser trop d'espoir :

– Et encore, ce n'est pas sûr. Les urgences des hôpitaux sont souvent encombrées.

Je demeurai un moment avec lui, l'aidant de mon mieux, puis je rentrai pour préparer le petit déjeuner que nous partageâmes en silence, comme étonnés de nous retrouver sans celle qui, déjà, nous manquait. Ensuite, ayant fini de semer l'orge d'hiver la veille, Achille partit avec moi vers les recoins du causse qui avaient été les moins visités par les brebis, et donc les plus lointains : ceux qui avaient été épargnés du fait de trop de distance à parcourir sous la canicule.

Il faisait bon, ce matin-là, qu'agrémentait une petite brise encore subtilement imprégnée des parfums de l'été, et le soleil tardait à décrocher les paquets de ouate du sommet des pins, au cœur d'un monde devenu lui aussi moutonneux, d'une exquise douceur. Les brebis avançaient rapidement vers le trésor espéré des dolines lointaines et ne paraissaient pas ressentir la moindre fatigue. L'air avait l'éclat des lavognes secrètes que les pluies de l'automne avaient réalimentées.

Achille ne parlait pas mais je savais à quoi il pensait, comme moi. Il prononça quelques mots seulement à midi, quand nous nous assîmes pour manger.

– À savoir où ils l'ont emmenée ? À Millau ou à Montpellier ?

– On saura ce soir, dis-je.

– J'espère qu'il n'était pas trop tard.

– Je ne crois pas. Dès qu'elle a été branchée sous assistance respiratoire, elle m'a semblé soulagée.

– Tant mieux !

Il se tut de nouveau, songeant sans doute à ce qui l'attendait si Louise disparaissait : la vente du troupeau, plus de travail, nulle part où aller, la solitude, le dénuement, peut-être la misère. Face à cet homme qui, malgré les questions qu'il se posait, ne se plaignait pas, mais, au contraire, demeurait fidèle à l'obstination muette d'une existence qu'il ne renierait pas, je me sentis obligé de prononcer ces mots venus du plus profond de moi :

– Ne vous inquiétez pas, Achille. Quoi qu'il arrive, je ne vous abandonnerai pas.

Le regard qu'il porta sur moi, alors, me délivra de ce qui me restait de doutes et d'incertitudes au sujet de ma nouvelle vie sur ces hautes terres : il était à la fois dur mais reconnaissant, farouche mais chaleureux, plein d'une confiance muette. Il ne me remercia pas mais il hocha la tête à plusieurs reprises, comme pour sceller un pacte qui n'avait pas besoin de mots pour trouver sa force. Et la reconnaissance qu'il me manifesta ainsi, à sa manière, me toucha au point de me faire lever pour cacher une émotion qu'il n'aurait sans doute pas comprise.

Ce fut tout. L'après-midi s'écoula paisiblement, seulement troublé par une averse de pluie tiède qui fit grésiller les pins et rafraîchit l'air qu'un soleil couleur de vieil or avait réchauffé depuis le milieu du jour. Les brebis accueillirent cette petite pluie avec un plaisir évident, sans rechercher le moindre abri. Elles ne se pressaient pas, broutaient l'herbe rase que l'eau du ciel paraissait avoir fait reverdir, par un de ces miracles que les bêtes accueillent toujours sans s'en étonner.

Nous dûmes les forcer à prendre de bonne heure le chemin du retour, car nous espérions l'un et l'autre le coup de téléphone qui nous rassurerait. Il n'arriva que vers huit heures du soir, alors que nous finissions de dîner, dans un silence de plus en plus pesant. Le frère de Louise nous annonça qu'elle avait été transportée par hélicoptère à Montpellier où elle avait été réopérée pour un problème de valve apparu depuis son premier séjour à l'hôpital. Tout s'était bien passé. Elle était réveillée. Elle allait bien. Elle nous appellerait dès qu'elle le pourrait.

Rassurés, nous le fûmes, ce soir-là, mais Achille me dit avant de gagner la bergerie pour la nuit :

– Quand même, cette pauvre femme, elle aura bien souffert.

34

NOUS N'EÛMES PAS d'autres nouvelles avant une semaine. Ce fut Louise qui appela d'une petite voix que j'eus du mal à reconnaître. Elle me remercia une nouvelle fois tout en m'assurant qu'elle serait bientôt de retour, puis je passai le combiné à Achille qui ne put lui parler longtemps car elle était très faible encore. Rassuré, pourtant, il se montra plus volubile au cours de cette soirée, et m'annonça qu'il ne viendrait pas avec moi, le lendemain matin, car il devait s'occuper des béliers.

Il m'expliqua qu'il en possédait trois : des mâles trapus mais sans cornes, qu'il laissait à l'isolement toute l'année, puis qu'il introduisait dans la bergerie, la nuit, à cette époque de l'année, pour saillir les brebis. Il n'avait jamais utilisé l'insémination artificielle et se félicitait de réussir très bien de cette manière. Trois béliers pouvaient féconder entre cent cinquante et deux cents brebis, ce qui était à son avis bien suffisant, car l'agnelage de février constituait une épreuve, du fait qu'elles agnelaient surtout la nuit et que, de surcroît, il fallait s'occuper des agneaux nouveau-nés les plus fragiles. Le lendemain matin, donc, je me préparai à partir seul avec le troupeau, mais j'eus l'imprudence en me levant d'ouvrir mon smartphone où je trouvai un message de la sœur de ma mère qui m'apprenait qu'elle était malade et réclamait ma présence. Très contrarié, je partis quand même avec le troupeau, et je parvins à oublier pour quelques heures cette nouvelle dont je remis l'examen à plus tard.

On sentait maintenant davantage la proximité de l'hiver aux rafales d'un vent qui charriait parfois des averses délestées peu à peu de leur tiédeur du début de l'automne. Les matins demeuraient limpides, mais leur clarté diminuait rapidement sous les nuages qui montaient de l'ouest et projetaient sur le causse de grandes ombres errantes dont le déferlement effrayait même les oiseaux.

J'avais acheté à Florac une grande cape du commerce moins efficace que celle, artisanale et mieux conçue, d'Achille, mais elle me protégeait suffisamment du vent et des averses. J'avais appris à ne plus redouter ni les uns ni les autres, et, de surcroît, je connaissais à présent l'emplacement des chazelles à des lieues à la ronde. Ce fut pourtant au début de l'après-midi, ce jour-là, alors que je m'y abritais, qu'un doute vint m'assaillir subitement : qu'est-ce que je faisais ici ? Sans doute le message au sujet de ma mère n'y était-il pas pour rien, mais pas seulement : cette terre m'apparaissait hostile, avec son vent et sa pluie froide, et il devenait urgent de me poser une question : était-ce bien raisonnable de garder un troupeau sous la pluie à trente ans ?

Je sortis de la chazelle et me mis à marcher vers les brebis groupées dans la doline tout en réfléchissant : un voyage à Paris, une visite à ma mère qui réclamait ma présence m'aideraient peut-être à y voir plus clair. J'annonçai le soir même mon départ pour trois jours à Achille, et il n'en parut pas surpris. Sans doute avait-il déjà pensé que l'approche de l'hiver m'éloignerait, peut-être définitivement, du causse et de lui-même.

Le matin de mon départ, cependant, je compris qu'il était malheureux à sa présence attentive lors de notre petit déjeuner.

– C'est pas un beau temps pour la route, me dit-il.

Puis il me parla des béliers dont il devait se séparer tous les deux ans, par roulement, pour éviter la consanguinité. Il poursuivit en se félicitant de la qualité du foin pour l'hiver, discuta de choses et d'autres, encore, comme s'il désirait par sa parole retarder le moment du départ. Ensuite, il me suivit jusqu'à ma voiture, portant mon bagage alors que je le lui défendais, et, au moment où j'allais refermer la portière, il demanda subitement, comme s'il ne croyait plus à mon retour :

– Alors dans trois jours ?

– Dans trois jours… Quatre au maximum.

– On aura d'autres nouvelles de Louise, alors.

– Oui. J'espère qu'elles seront bonnes.

– Moi aussi.

Il paraissait hésiter, et je tardai à refermer la portière.

– Je peux faire seul, maintenant, ajouta-t-il. Tout sera plus calme jusqu'en février.

Le ton de sa voix démentait ses propos, mais il s'efforçait de cacher sa peine de me voir partir. Pauvre Achille ! Son sourire forcé me retint un instant et ne me quitta pas tout au long du trajet, m'emplissant du remords de l'avoir abandonné au moment où, peut-être, il avait le plus besoin de moi.

35

J'ARRIVAI avec soulagement à Paris au début de l'après-midi, non sans maugréer contre les embouteillages dont j'avais oublié les inconvénients de plus en plus désagréables. Dès que je remis les pieds dans l'appartement – à son odeur, à son agencement, à ses vêtements traînant sur le canapé –, le passé me sauta au visage, et avec lui la douleur d'une violence inouïe. Julie était là, devant moi, comme lors de ce dernier matin, souriante, attentionnée, toujours aussi belle, et je la revis si vivante qu'un vertige me contraignit à m'asseoir.

Dès qu'il se dissipa, je m'enfuis sans même ouvrir le courrier accumulé dans ma boîte aux lettres, et je me mis à marcher dehors au hasard des rues, me demandant ce que je faisais là, cherchant du regard des brebis invisibles, ne sachant plus soudain où je me trouvais, incapable de rassembler mes pensées, épouvanté de comprendre à quel point je pouvais encore souffrir, alors que j'avais cru avoir trouvé le remède contre ma douleur.

Une heure passa avant que je reprenne un peu mes esprits, et je résolus alors d'aller rendre visite à ma mère qui se disait malade. À mon arrivée, elle prenait le thé avec l'une de ses amies et fut vexée d'être surprise ainsi, alors qu'elle était censée être alitée.

– Je vais mieux, me répondit-elle quand je lui fis le reproche de son mensonge. Une très mauvaise grippe m'a clouée au lit huit jours et je ne me suis levée que ce matin.

J'étais furieux et je ne restai pas longtemps auprès d'elle, d'autant que ses griefs demeuraient les mêmes au sujet de mon éloignement toujours aussi incompréhensible à ses yeux. Ensuite, redoutant de regagner l'appartement, je téléphonai à Lucas qui accepta de dîner avec moi. Je vérifiai alors, une nouvelle fois, que son incompréhension était aussi totale que celle de ma mère et regrettai ce repas qui s'acheva non pas dans des reproches, mais dans un lourd silence qui nous meurtrit tous les deux.

Je ne pus rentrer dans l'appartement, et louai une chambre à l'hôtel le plus proche où je dormis jusqu'au matin. Il me fallut alors y revenir pour reprendre mes bagages, et c'est ce matin-là, en proie à la même douleur que la veille, qu'une décision s'imposa à moi : il fallait vendre, me séparer définitivement du nid que nous avions construit avec Julie. Quoi que je décide à l'avenir, je ne pourrais plus jamais vivre dans ces lieux où elle demeurait partout présente. Chaque meuble, chaque bibelot, chaque vêtement, le moindre objet me renvoyait son image vivante, près de moi. C'était insupportable.

Je connaissais le directeur d'une agence immobilière du boulevard Raspail et je n'eus aucun mal à obtenir un rendez-vous pour le début de l'après-midi, chez moi, afin de lui faire visiter cet appartement devenu invivable. Là, je lui donnai tous les renseignements nécessaires, lui fis confiance pour l'estimation, signai une procuration et je regagnai l'hôtel soulagé : je n'aurais plus à affronter ce passé demeuré trop douloureux, malgré la distance que j'avais creusée entre lui et moi.

Le lendemain matin, je réglai encore quelques problèmes avec la concierge – une délicieuse femme d'origine portugaise qui avait toujours été bienveillante pour nous – et je repris la route, pressé de retrouver des lieux habitables, et persuadé que j'avais pris la seule décision possible. Une heure plus tard, cependant, alors que j'entrais sur l'autoroute, la sensation brutale d'avoir abandonné définitivement Julie faillit me contraindre à faire demi-tour. Mais je la revis ce matin d'été où, devenue grave tout à coup sans que je sache pourquoi, elle m'avait dit en se réfugiant dans mes bras : « Faisons-nous la promesse de continuer à vivre si nous nous perdions. » C'était à La Baule, le soleil entrait par la fenêtre ouverte d'un parc où se trouvait la maison de vacances prêtée par un ami à elle, il faisait chaud déjà, et je m'étais interrogé : pourquoi une telle pensée lui venait, alors que nous étions si heureux. Elle avait insisté et j'avais promis.

Ce matin-là, dans ma voiture, je me demandai soudain si un obscur instinct ne l'avait pas prévenue d'un malheur à venir, et je me souvenais de ma promesse, ce qui me conforta, enfin, au sujet de ma décision de la veille. Je continuai donc et, une fois sorti de l'autoroute, sur la petite départementale qui menait à Florac, je retrouvai la sensation agréable d'un paysage familier qui m'accompagna jusqu'au grand causse. Une sorte de paix m'envahit alors et je mesurai une fois de plus à quel point il m'était devenu indispensable.

36

QUAND J'ARRIVAI, en début d'après-midi, Achille s'en était allé avec le troupeau comme chaque jour, et dès que j'eus porté mon maigre bagage dans ma chambre, je partis à sa rencontre. Les bourrasques des derniers jours avaient cessé. Un pâle soleil éclairait la rocaille où les dernières fléoles frissonnaient sous la caresse d'un vent tiède, tandis que j'avançais au hasard en tentant d'apercevoir Achille et le troupeau, mais ils étaient loin. Il me fallut plus d'une heure avant de les deviner, au sommet d'une crête où la profondeur de l'air abritait des vapeurs violettes, bizarrement semées au-dessus d'elle comme de petits nuages tombés du ciel.

Dès qu'il m'aperçut, Achille se dirigea vers moi, et, comme chaque fois, parut soulagé de me revoir.

– À la bonne heure ! me dit-il. Ça fait plaisir !

Il n'en avait jamais tant dit lors de nos retrouvailles. Il souriait, et le sourire de cet homme sans défense face à un irrémédiable destin, une nouvelle fois, me toucha profondément.

– Louise a rappelé hier au soir, ajouta-t-il aussitôt. Elle va aussi bien que possible. Elle m'a assuré qu'elle serait de retour avant Noël.

Puis, d'un ton plus bas, comme en secret :

– La nuit dernière, j'ai vu Orion tout près, comme si elle était posée sur le socle du causse.

Il sourit, reprit, encore plus bas, d'un ton énigmatique :

– Quant à la constellation de la Vierge, on commence à la distinguer.

Pour moi, comme lors de chaque retour, le choc était brutal. J'arrivais de Paris et Achille me parlait des étoiles et des constellations. Je compris que ces révélations lui paraissaient d'une importance capitale, si bien que je crus nécessaire de l'interroger :

– Qu'est-ce que ça signifie ?

– Ça signifie qu'on est proches de l'équinoxe d'automne.

Il ajouta, comme je lui donnais l'impression de ne toujours pas comprendre :

– Le froid ne va pas tarder à arriver. Souvent il neige dès le début novembre chez nous.

J'eus alors la conviction qu'il s'en inquiétait pour moi et qu'il voulait m'en prévenir. Le froid et la neige réduisaient ici la vie à sa plus simple expression, contraignaient les hommes et les bêtes à demeurer prisonniers à l'intérieur des maisons, près des feux de bois. Son inquiétude n'était pas fondée, mais Achille ne pouvait pas savoir que ce qui s'était passé à Paris m'avait convaincu d'aller au bout de mon année sabbatique. Il serait bien temps de prendre au printemps la décision qui allait engager le reste de ma vie.

37

IL N'Y EUT PAS de neige début novembre, mais, au contraire, un bel été de la Saint-Martin. Une lumière fauve constellée de feuilles déchues embrasa le causse, dans les derniers éclats d'un soleil blessé qui désormais montait moins haut dans le ciel. L'air mouillé de la rosée de la nuit sentait la résine des pins et le miel acide des buis. Les clarines résonnaient avec des profondeurs où se devinait l'amertume des jours trop vite poussés vers le soir par la saison déjà très avancée.

Ces journées paisibles sans la moindre pointe de froid nous conduisaient à l'extrémité du causse, sans crainte d'averses ou d'orages, mais je devinais qu'Achille s'inquiétait de plus en plus du changement de temps qu'il savait inéluctable. Il se demandait si j'aurais la force de rester prisonnier sous la neige et les frimas, une fois les brebis recluses dans la bergerie. Il savait à quel point, l'hiver, ces lieux rendus à la sauvagerie primitive devenaient inhospitaliers à partir de novembre – et souvent plus tôt.

Louise revint avec cette accalmie miraculeuse du temps et elle se prétendit définitivement guérie. C'est du moins ce que lui avait certifié le chirurgien qui l'avait réopérée à Montpellier. Effectivement, elle paraissait ragaillardie, semblait respirer mieux, et elle se déclara décidée à passer tout l'hiver dans sa maison.

– Le chirurgien m'a expliqué ce qui n'allait pas, nous dit-elle. Il a même fait un croquis pour que je comprenne. Il m'a parlé d'un problème de valve. Vous vous rendez compte ? Il y a des valves dans notre corps. Vous le saviez, vous ?

Et, comme je souriais sans répondre :

– Il m'a simplement recommandé de me méfier du froid. C'est pas bon pour le cœur. Ça rétrécit les vaisseaux, et ça fatigue le cœur de travailler davantage.

Elle ajouta, définitivement rassurée :

– De toute façon, l'hiver, je reste au chaud !

Ce furent des retrouvailles heureuses dans la salle à manger où flambait le grand feu qu'avait allumé Louise dès son retour. Les flammes rougissaient les landiers sur lesquels elle avait posé un billot de chêne, et d'où s'élevaient des escarbilles qui allaient s'éteindre en grésillant dans la suie. Plus rien ne paraissait menaçant, ni la maladie, ni la vieillesse, ni la proximité de l'hiver, au point que Louise fit des projets pour Noël, affirmant que, quoi qu'il arrive, elle le passerait dans sa maison, avec nous. En prononçant le « nous », elle parut m'interroger du regard, et j'acquiesçai d'un signe de tête qui fit jaillir dans ses yeux le bref éclat d'un remerciement muet.

Et la vie reprit son cours dès le lendemain, prolongeant le tardif été de la Saint-Martin, dont j'avais l'impression qu'il ne s'essoufflerait pas, malgré la fraîcheur des matins, et la chute précoce du soleil. Le 20 novembre, pourtant, alors que nous marchions le long d'une draille moins éloignée que celle de la veille, Achille me dit subitement, vers onze heures du matin :

– Arrêtons-nous là, et mangeons. C'est pas la peine d'aller plus loin.

J'en fus étonné, mais je m'assis en face de lui sans demander d'explication, sachant qu'il ne décidait rien au hasard et qu'il avait sûrement ses raisons. De fait, à peine avions-nous commencé à savourer la viande froide et le pain, un coup de vent subit fit se lever un nuage gris à l'ouest, qui enfla rapidement et arriva en quelques minutes au-dessus de nous. Les brebis s'étaient rassemblées comme à l'approche d'un danger. Les premiers flocons, légers comme des plumes, se mirent à virevolter et à fondre avant de toucher le sol.

Achille leva un bras, hocha la tête, et dit, d'une voix contrariée :

– Il va falloir rentrer.

Aussi délicats que de la ouate au début, les flocons devinrent en quelques minutes plus nombreux, plus lourds, plus épais, et bientôt ils nous dissimulèrent la doline au creux de laquelle nous avions fait halte, à l'abri du vent.

– Cette fois, ça y est ! fit Achille. On va être coincés pour des mois !

Il enfouit dans sa musette en toute hâte les maigres reliefs de notre repas, se leva, m'invita à faire de même et nous rejoignîmes les brebis, qui s'étaient mises en route vers la bergerie de leur propre initiative. C'est à peine si, à présent, nous distinguions la draille à dix mètres devant nous. Le vent s'était tu subitement, comme s'il avait achevé son travail, et un profond silence que ne troublaient même pas les sabots des brebis pesait sur le causse déjà engourdi dans un froid bleuté, d'où émergeait seulement par endroits l'épaule grise d'un rocher.

38

Il nous fallut à peine une heure pour regagner le hameau et retrouver la bonne chaleur de la bergerie où Achille se mit à faire tomber du foin dans les mangeoires, car les brebis n'étaient pas rassasiées. Je l'aidai un moment, avant de rentrer dans la maison où Louise avait fait chauffer du café.

– Eh oui ! me dit-elle, on va être seuls pour un moment !

Elle n'en paraissait pas contrariée, au contraire : un large sourire éclairait son visage amaigri, mais où la maladie n'avait pas encore creusé une empreinte définitive. Seuls ses yeux trahissaient les épreuves qu'elle avait dû subir, sans toutefois perdre totalement leur éclat naturel. Elle se dirigea vers la fenêtre et murmura :

– Ça va tomber jusqu'à demain matin.

Je la rejoignis mais ne pus déceler qu'un immense rideau blanc qui empêchait d'apercevoir même la bergerie. Il devait être deux heures de l'après-midi, et je découvrais ce que pouvait être le désœuvrement, entre ces murs, en cette saison. Sans doute le devina-t-elle, car elle se mit à me raconter les hivers mémorables qu'elle avait passés ici, ceux qui contraignent à une solitude paraissant ne jamais devoir finir, surtout lorsque le gel succède à la neige et que l'on ne peut compter que sur soi-même.

Comme Achille, elle voulait me prévenir, afin que la surprise ne me décourage pas de rester, probablement parce qu'elle croyait intimement que sa présence et celle d'Achille ne me suffiraient pas à meubler des jours sans fin, sans autre perspective à perte de vue que le moutonnement blanc d'un univers rendu à la désolation et au silence. Mais contrairement à ce qu'elle pensait, l'idée d'un refuge clos sur lui-même pour des jours et des jours ne m'effrayait pas. Il représentait un barrage contre cette douleur qui m'assaillait ailleurs, en des terres lointaines. Il serait temps de mesurer plus tard, au printemps, si les jours avaient enfin réussi à désamorcer l'arme cruelle des souvenirs.

– Certains hivers, me dit Louise, il n'est pas rare de devoir casser la glace pour que les brebis puissent boire, même à l'intérieur de la bergerie.

Elle ajouta, comme si elle redoutait d'en dire trop :

– Les grands froids, c'est pour janvier, pas pour aujourd'hui.

Je restai près d'elle à l'écouter jusqu'à ce qu'Achille rentre vers quatre heures et demie, du foin sur sa casquette, et apparemment aussi inquiet qu'elle au sujet de cette neige épaisse qui tombait toujours, avec une sorte d'acharnement lourd de menaces. Achille se saisit de son livre sur les étoiles et s'assit à droite du foyer pour se réchauffer. Ayant épuisé le sujet de l'hiver et de ses froids de gel et de glace, Louise passa dans la cuisine afin de préparer le repas du soir, et je montai dans ma chambre pour y lire les messages, qui se faisaient de plus en plus rares.

Ce fut cet après-midi-là que je sentis réellement « le poids de l'instant », c'est-à-dire l'arrêt brusque du temps, comme si je pénétrais dans une sorte d'éternité qui suspendait l'écoulement des minutes et des heures. Moi qui avais toujours couru après le temps, pressé par le travail, les rendez-vous, les repas d'affaires, je découvrais dans l'immobilité forcée une pesanteur qui me faisait mesurer le poids de la vie soudain arrêtée, la conscience d'être vivant uniquement pour soi, la pensée profonde d'exister sans rien avoir à faire d'immédiat. Et cette sensation m'était agréable, surtout dans cette maison-refuge isolée de tout ce qui, jusqu'à ce jour, m'avait accompagné pour me conduire vers le malheur.

Sans doute pour donner encore plus de poids à cette sensation de bien-être, me vint alors l'idée de commencer à écrire ma découverte du causse, depuis le jour où j'étais arrivé, six mois auparavant, en faisant la connaissance d'Achille. Peut-être ces pages, plus tard, pensai-je, me seraient précieuses si ma vie basculait malgré moi vers un versant éloigné de ces lieux si secourables aujourd'hui. J'écrivis sans difficulté quelques pages puis redescendis dans la salle à manger où Achille me dit, en refermant son livre :

– Elles sont encore plus belles par temps de gel. On dirait des silex. Mais ce ne sera pas pour ce soir.

Il m'invita à le suivre dans la bergerie pour soigner une bête qui lui avait paru malade, et, dehors, sous les rafales de neige, le froid me fit frissonner. Cinquante mètres seulement séparaient la maison de la bergerie, mais ils suffirent aux flocons pour nous poudrer entièrement. Achille secoua ses vêtements et je l'imitai, dans la bonne chaleur des brebis. Tandis qu'il examinait une agnelle tremblante, je lui demandai s'il dormait tout l'hiver ici.

– Et pardi ! me dit-il. Elles ont besoin de moi, comme moi d'elles.

Il reprit, comme s'il me reprochait ma question :

– Ici, il fait plus chaud que dans les chambres d'une maison.

Quand nous ressortîmes, on n'y voyait rien, ni devant nous, ni en levant la tête. Seul un immense rideau blanc occupait tout l'espace en cinglant le visage. Le repas fut silencieux, comme si Louise et Achille étaient préoccupés par cette arrivée subite de l'hiver. Lorsque Achille eut regagné la bergerie, je demeurai seul avec Louise devant la cheminée et elle se mit à parler d'une voix rêveuse où s'exprimait la nostalgie d'un temps perdu pour elle :

– Quand j'étais petite, j'attendais la première neige avec impatience. Je savais que je n'irais pas à l'école, que je pourrais garder mon père et ma mère près de moi toute la journée, et que le monde demeurerait blanc pendant des jours et des jours. Je ne sortais qu'en début d'après-midi, je suivais mon père dans la bergerie, et c'est là que j'ai vraiment appris l'amour des brebis. Après, je n'ai jamais pu m'en passer. Je savais déjà que je vivrais près d'elles toute ma vie.

– Mais cette neige, ce froid, cette paralysie de l'hiver, ça ne durait pas trop longtemps pour vous ?

– Pensez-vous ! Je patientais en attendant Noël, ma mère m'ayant promis des merveilles !

– Des merveilles ?

– Oui ! Ce n'était qu'une sorte de beignet, mais je les ai toujours attendues comme un cadeau extraordinaire, même lorsque je les mangeais. J'imaginais une apparition féerique, inconnue, qui éblouirait toute la maisonnée.

Louise soupira, ajouta :

– Je crois bien que je l'ai attendue toute ma vie. C'est ce qui l'a rendue belle.

Tels étaient les propos de Louise au cours de cette soirée, alors que je ne me décidais pas à la laisser seule, sachant à quel point elle avait besoin d'une présence, désormais, pour affronter un hiver qui avait perdu le lustre de sa jeunesse, et qui pouvait être le dernier.

39

IL NEIGEA pendant trois jours, puis le froid emprisonna la neige dans sa poigne d'acier, rendant l'éclat du jour aveuglant pour les yeux. Trente centimètres de poudreuse rendaient le causse semblable à un dôme blanc, d'où émergeaient seulement les rochers et les arbres immobiles comme des sentinelles mortes de froid.

Je n'avais pas pressenti que cette neige allait elle aussi me renvoyer vers Julie, et cet hiver où nous étions allés à Val-Thorens faire du ski pour la première fois, après notre mariage. Elle portait une combinaison jaune que soulignait un bonnet rouge, et elle skiait mieux que moi qui m'y étais rendu, avec des copains, seulement deux fois. Je l'attendais parfois, en bas des pistes, et la regardais descendre avec une légèreté qui, chaque fois, m'émouvait. Le soir, nous allions manger des raclettes ou des ravioles dans des restaurants à peine éclairés, qui sentaient délicieusement le cidre et les crêpes. Ensuite, la fête de nos corps nous laissait rompus jusqu'à plus de dix heures le lendemain matin, et tout recommençait. Avions-nous jamais été plus heureux que lors de ces vacances-là ?

Bizarrement, ce souvenir ne m'était pas douloureux, contrairement aux autres. Je crus deviner que la dureté du monde où l'on vit endurcit, ce que je vérifiai au cours des jours et des semaines qui suivirent. Il n'y avait pas de place, ici, pour la faiblesse ou la mollesse. Il ne pouvait subsister que force et courage : ce que m'avaient aussi enseigné Achille et Louise. Nous ne sortions que pour aller à la bergerie ou chercher du bois sous le hangar qui lui faisait face – ce bois précautionneusement rentré par Achille à l'automne, et qui était empilé en billots d'un mètre, bien sec mais ayant gardé un délicieux parfum de feuilles et d'écorce.

Plus les jours passèrent et plus le froid devint mordant. Le matin, les perles du givre étaient accrochées aux branches comme à des arbres de Noël et un vent glacé giflait le visage quand nous allions casser la glace, un vent qui lustrait l'air bleuté en me donnant l'impression qu'il pouvait se briser comme verre. Il neigea de nouveau à l'approche de Noël, si bien que la couche atteignit quarante centimètres en quelques jours. Nous étions complètement isolés, dépendant uniquement de nous-mêmes. Il nous fallut donc partir un matin, Achille et moi, avec ma voiture à Florac, ce qui était possible seulement parce que j'avais pris la précaution d'acheter non seulement des pneus neige, mais aussi des chaînes.

– Comment faisiez-vous quand je n'étais pas là ? demandai-je à Achille.

– On faisait assez de provisions pour deux, et on congelait le pain.

– Vous ne voyiez personne ?

– Si ! Le boucher et l'épicier parviennent à passer sur la départementale. Elle est déneigée une fois par semaine. Je connaissais le jour et l'heure, j'allais les attendre à pied.

La route l'avait été effectivement, ce jour-là, et la couche atteignait à peine dix centimètres, mais elle ne dégelait pas. Les chaînes nous permirent de gagner Florac en trois fois plus de temps qu'il n'en fallait d'ordinaire, mais grâce à ce périple je pus acheter des provisions et de menus cadeaux pour Achille et pour Louise, car j'avais pris la décision de passer Noël avec eux, et de retourner à Paris seulement pour le 1er janvier. Cette perspective me satisfaisait. Moi qui avais toujours vécu à l'abri du froid, je ne le refusais pas aujourd'hui, au contraire : dans cet univers aussi glacial que lumineux, je combattais à ma manière avec la sensation de vaincre définitivement la douleur qui m'envahissait encore, de temps en temps, alors que je la croyais loin de moi.

De fait, même si Julie ressurgissait souvent devant mes yeux, je ne tentais pas de la fuir. Je faisais face de la même manière que je faisais face au vent glacé dont la morsure crevassait mes mains peu habituées à lui. Je serrais les dents en cassant la glace pour faire boire les brebis, et je m'efforçais de me laver à l'eau froide dans une chambre où il faisait à peine quinze degrés, malgré l'édredon de plumes que m'avait fourni Louise. Je me dépouillais en quelque sorte de tout ce qui jusqu'à ce jour était censé me protéger de la souffrance, quelle qu'elle soit, et n'y parvenait pas. Je me sentais bien, sans remords, sans regrets, libéré de ma vie d'avant.

40

CE DÉPOUILLEMENT, je le retrouvai le soir de Noël, en compagnie de Louise et d'Achille au cours d'un repas qui n'eut rien à voir avec les réveillons que j'avais connus auparavant. L'enfant gâté que j'avais été lors de ces fêtes disparaissait aujourd'hui derrière la sobriété d'un repas d'aligot à la saucisse, et, comme dessert, d'un flan rapporté de Florac. Louise alluma la télévision où se démenaient des chanteurs et des chanteuses en habits de lumière et je me souvins d'un Noël avec Julie auprès d'amis de notre âge dans un grand restaurant parisien. Huîtres, caviar, champagne, cotillons, danses au milieu d'une salle décorée de guirlandes, de lampions, de bougies. J'avais moi aussi participé volontiers aux rires et embrassades. Malgré la vanité frivole de ces moments-là, j'avais été heureux, Julie également, du moins dans mon souvenir.

Et aujourd'hui, j'étais là, près de ce vieil homme et

de cette vieille femme qui baissait le son de la télévision pour raconter les Noëls de son enfance, le trajet vers le temple dans la neige, le mouton et l'âne dans la crèche, la chaude parole d'un pasteur bienveillant, la poupée de chiffon reçue au retour, les pralines délicieusement sucrées qui fondaient dans la bouche. Pour Achille, de confession catholique et non pas protestante, l'église se trouvait loin du hameau où il habitait, et il n'était pas possible de s'y rendre chaque année. Il gardait précieusement l'orange reçue en cadeau et en mangeait un seul quartier chaque jour. C'est pour cette raison qu'il avait tenu à rapporter des oranges de Florac et il nous avoua ce soir-là, avec une sorte de culpabilité émouvante :

– Aujourd'hui, j'en profite : la semaine de Noël, j'en mange plutôt deux par jour.

Il ignorait à quel point, aujourd'hui, le superflu était devenu le nécessaire, et heureusement : il en aurait été mortifié. Je lui fis néanmoins cadeau d'un couteau de berger à manche de genévrier que j'avais acheté à Florac, et, à Louise, d'une écharpe de laine bleue qui la ravit. Tous deux me remercièrent en regrettant de ne pas avoir été aussi généreux que moi, et ils se confondirent en excuses que je repoussai en riant. Ensuite, Achille manifesta le désir de jouer aux cartes, mais je n'avais jamais approché ces jeux qui occupaient les loisirs anciens, et ils m'apprirent la belote en se moquant de mon inexpérience en la matière. Qu'importait ma maladresse ! Ils étaient heureux, et c'était pour moi l'essentiel.

Vers une heure du matin, Achille voulut regagner la bergerie et je décidai de le suivre. Dormir une nuit de Noël parmi les brebis me parut en accord avec les crèches de ma propre enfance, où se mêlaient la paille, l'âne et les deux moutons autour de Joseph, de Marie et de l'enfant Jésus.

Nous sortîmes après avoir embrassé Louise. La nuit était d'une clarté stupéfiante. Le semis des étoiles semblait réverbérer la lumière de la neige gelée, et l'on y voyait presque comme en plein jour. On croyait entendre leur scintillement, pourtant lointain, que le vent glacé transportait d'un souffle léger, sans la moindre foucade. Il ne faisait que rehausser le silence, comme si le monde était pris sous une cloche de verre. Achille me montra Cassiopée juste au-dessus de l'étoile du Berger, et, sur sa droite, la constellation du Cocher. Nous nous étions arrêtés devant la porte de la bergerie, à l'abri d'un petit auvent, et nous ne nous décidions pas à entrer, tellement cette nuit nous paraissait splendide, illuminée d'un éclat d'une pureté inconnue.

– Dire que nous venons de là-haut ! fit Achille.

– De là-haut, vraiment ?

– Oui ! Nous sommes des poussières d'étoiles. Le carbone de nos cellules provient d'elles.

Il ajouta, tandis que je me tournais vers lui :

– Une étoile morte brille encore pendant des millions d'années. Sa lumière continue de se propager dans l'espace indéfiniment. Vous vous rendez compte ?

Il conclut, avec un sourire :

– C'est pour nous éclairer, pour ne pas qu'on se perde quand nous partirons vers elles.

Le visage d'Achille était grave. Il croyait ce qu'il disait d'une voix profonde, avec une émotion à peine dissimulée. Je devinai qu'il avait appris tout cela dans ses livres et qu'il en avait fait une provision qui, pour lui, était devenue essentielle. Je ne sentais pas le froid, et lui non plus apparemment.

– Mon deuxième troupeau, précisa-t-il.

– Et pour ne pas qu'il s'égare, il faut le garder, dis-je.

– C'est ce que je fais.

Il se tut, mais nous demeurâmes immobiles côte à côte encore presque une heure, la tête levée vers le ciel qui, par moments, semblait se rapprocher de nous au point de pouvoir le toucher. Un peu plus tard, il y eut comme une avalanche sucrée d'étoiles, suivie de ce genre d'éblouissement qui retombe en pluie lors des feux d'artifice. Je pensai alors au 14-Juillet à Paris, Julie à mon bras, mais sans tristesse. Elle était proche de moi, vivante, encore, et se réjouissait avec moi du spectacle du monde comme elle l'avait fait là-bas, si loin de ces collines sauvages. Mais la distance n'existait plus cette nuit-là – ni l'espace ni le temps –, la vie ruisselait de la voûte céleste aussi bien que de la terre d'une aveuglante blancheur.

Je finis par frissonner, le froid devenant de plus en plus mordant.

– Rentrons ! fit Achille.

Les brebis s'ébrouèrent en entendant du bruit, mais se rendormirent aussitôt. Je me couchai dans la bonne chaleur animale du troupeau, et je m'endormis, pacifié, comme si cette nuit avait définitivement rompu l'amarre qui me retenait encore au passé.

HIVER

41

COMME je l'avais projeté, je partis à Paris la veille du 1er janvier, bien résolu à ne pas renouer des liens qui ne pouvaient que me renvoyer vers une vie dont je ne voulais plus. Si la départementale était enneigée, l'autoroute, elle, ne l'était pas, les déneigeuses étant passées dans la nuit, si bien que j'arrivai dans la capitale en milieu d'après-midi. Face à ses supplications, j'avais accepté de réveillonner chez ma mère, ne sachant d'ailleurs pas où aller. Nous ne serions que quatre : ma mère, donc, sa sœur, son mari et moi. Comment faire autrement ?

Avant de me rendre chez elle, je passai à l'appartement y chercher le courrier, puis à l'agence qui s'occupait de vendre. Il y avait eu des visites, mais pas d'offres formelles.

– C'est normal, me dit le chef d'agence : en cette saison, les gens ont d'autres soucis que l'immobilier.

Et il m'assura qu'il trouverait un acheteur au plus tard au printemps. C'est ce que j'appris à ma mère en arrivant chez elle, sans me douter de l'avalanche de questions et de reproches que cette nouvelle allait provoquer. Elle s'inquiéta de ce que j'allais devenir, à trente ans, alors que j'avais tout l'avenir devant moi et que je préférais aller vivre « dans la fainéantise et la solitude sur un causse peuplé de moutons et de bêtes sauvages ». Il fallut que sa sœur intervienne pour arrêter les récriminations d'où émergeait l'accusation d'abandon d'une mère malade, désespérée d'avoir un fils qui était devenu fou. Le réveillon qui s'ensuivit fut lugubre, malgré les efforts de ma tante et de son mari, qui, eux, se gardèrent de porter le moindre jugement à mon égard.

À une heure du matin, après les embrassades rituelles, j'acceptai d'aller me coucher dans la chambre d'amis, la perspective de regagner le lit où je dormais avec Julie dans notre appartement m'apparaissant absolument impossible. J'avais toujours détesté les changements d'année et leurs réjouissances factices, et ce 1er janvier-là, précisément, ne me disait rien de bon. Je ne voulais surtout pas fissurer la carapace que j'avais réussi à forger au prix de multiples efforts.

Je dormis mal, me levai ce premier jour de l'an à huit heures, et trouvai ma mère également debout. Elle m'embrassa comme si de rien n'était, je l'aidai à préparer le petit déjeuner, et tout se passa bien jusqu'au milieu de la matinée, où, revenant dans le salon après avoir fait ma toilette, je la trouvai en pleurs. Je compris que je n'échapperais pas à une nouvelle scène de désespoir, celle que justifiait ma coupable ingratitude.

– Mais enfin, Étienne, qu'est-ce que tu fais là-bas ?

Je ne répondis pas. Je savais que les mots étaient inutiles.

– Imagine, si ton père était encore là ! Reprends-toi ! Retrouve la raison ! Je t'en supplie !

– Je vais parfaitement bien.

– Essaye de m'expliquer, au moins. Je voudrais comprendre.

– Il n'y a rien que tu puisses comprendre.

Comment avouer que je préférais la présence d'Achille et de Louise à la sienne ?

– Dis-moi au moins quand tu vas revenir à Paris.

– Je ne sais pas si je vais revenir.

Elle s'effondra sur son canapé de cuir en gémissant :

– Mon fils va me tuer.

Je ne pus en supporter davantage, mais je pris soin néanmoins de l'embrasser avant de m'enfuir, tout en murmurant :

– Ne t'inquiète pas. Je vais bien.

Et je partis, en ce matin glacé du 1er janvier où le vent du nord balayait les dernières feuilles déchues dans les rues désertes, incapable de rester plus longtemps dans des lieux où tout m'était hostile, auxquels rien ne m'attachait plus, convaincu qu'il me fallait éliminer de ma vie tout ce qui était inerte, déjà mort – tout ce qui n'appartenait plus, désormais, qu'à un passé désert, inhabitable.

42

JE M'ARRÊTAI sur une aire de repos peu après Orléans, et, sortant de voiture, mon regard fut attiré par le bleu du ciel, que le vent avait débarrassé du brouillard du matin. Lors d'un de nos voyages en Italie avec Julie, nous étions allés visiter Padoue et Assise, là où avait vécu saint François, et nous y avions admiré les tableaux de Giotto, notamment *Saint François prêchant aux oiseaux* et *Le Rêve de Joachim*. Le bleu de ces deux tableaux, je le retrouvai ce matin dans le ciel d'hiver, un bleu tendre malgré le froid, un bleu de réconciliation avec le monde. Rien n'était plus hostile, ici, pas même le souvenir de Julie disparue, car elle ne souffrait plus. Elle contemplait près de moi les tableaux et murmurait :

– Regarde ce bleu ! Je n'en ai jamais vu de pareil.

Après avoir acheté des gâteaux secs et de l'eau, je repartis entre les forêts de la Sologne, et peu à peu le temps changea : le ciel se voila, devint gris à l'approche de Vierzon, puis la neige se mit à tomber entre Bourges et Montluçon. Ensuite, aux alentours de Clermont-Ferrand, tout était blanc car les déneigeuses n'étaient pas encore passées. Je roulai au ralenti, confiant dans mes pneus neige qui ne furent pourtant pas suffisants quand je quittai l'autoroute après Saint-Chély-d'Apcher. Je cessai alors d'avancer pour poser mes chaînes dans un univers d'une blancheur inouïe, que ne souillait pas la moindre trace d'homme ou d'oiseau.

J'étais seul, mes mains frigorifiées par l'acier des chaînes, dans un silence de premier jour du monde, mais rien en moi n'alertait la moindre douleur, au contraire : ce froid blanc chassait tout ce qui était demeuré dans une ombre redoutable jusqu'à ce jour. Je me sentis neuf, la mémoire délivrée de tout ce qui l'encombrait, et je me mis à marcher dans la neige sur une centaine de mètres en respirant l'air glacial qui m'envahissait tout entier.

Parvenu au sommet d'une petite butte, je m'arrêtai un moment pour contempler les collines endormies, puis, la neige recommençant à tomber, je fis demi-tour en prenant soin de poser mes pieds dans la trace faite en montant, afin de ne pas souiller davantage le tapis immaculé. Je ne sentais plus le froid. Seuls mes yeux pleuraient un peu mais je ne m'en rendais pas compte. En retrouvant l'abri de ma voiture, quelque chose en moi se dénoua, et je compris que mes yeux ne pleuraient plus seulement de froid, mais laissaient couler tout le mal-être qui s'était accumulé en moi pendant des années.

Je repartis lentement, les chaînes patinant par moments, tellement la couche était de plus en plus épaisse. Il me fallut trois heures pour arriver sur le causse et rejoindre le hameau où Achille et Louise ne m'attendaient pas si tôt. J'avais fait l'aller et retour en quarante-huit heures, et ils me demandèrent si j'avais eu un accident. Je les rassurai, et, tandis que Louise préparait le repas du soir, je pris auprès d'Achille des nouvelles du troupeau.

– Presque toutes les brebis sont pleines, me répondit-il. On aura plus de cent agneaux.

Je compris qu'il s'inquiétait de mon aller et retour si rapide et je dus mentir en prétendant que ma mère était partie en voyage sans me prévenir. Il n'en crut rien, mais n'insista pas : ce n'était pas dans ses habitudes. Le feu bondissait dans la cheminée, faisant crépiter des étincelles d'or, et peu à peu le froid me quittait. J'avais retrouvé mon refuge, le seul lieu habitable, désormais, du moins en étais-je persuadé, ce soir-là, en écoutant Louise raconter les plus terribles hivers de neige vécus dans la maison paternelle de Florac, le souvenir des loups évoqués par l'aïeule assise près du foyer, les troupeaux enfermés pour des jours et des jours, les colporteurs que l'on retrouvait au printemps, gelés dans la neige après s'être perdus sur les drailles isolées. Achille n'avait pas pris son livre et participait à la conversation, comme s'il désirait renouer plus solidement avec moi un lien distendu par deux jours et une nuit de séparation.

Nous sentions au-dehors l'étreinte du froid qui refermait sa prise sur les murs et le toit, et Achille pensait déjà aux agneaux qui allaient bientôt naître, aux nuits blanches qui s'annonçaient. Il m'expliqua ce soir-là que les brebis aiment agneler à l'écart, et qu'il faut soigneusement les surveiller, car on doit les aider si l'agneau se présente mal. Je demandai, intrigué :

– Qu'est-ce qui se passe alors ?

– Il faut le sortir.

– Et comment ?

– En tirant sur les pattes s'il se présente comme il faut.

– Et si ce n'est pas le cas ?

– Il m'est arrivé de faire des césariennes moi-même. En février, le temps que le vétérinaire arrive, c'est déjà trop tard.

– Des césariennes ?

– Oui. Et de recoudre après.

– Avec quoi ?

– Une aiguille et du fil que l'on achète exprès pour ça. Ils sont désinfectés dans une poche étanche.

Il nous parla longtemps des agnelages difficiles qu'il avait vécus au cours de sa vie, des soins à apporter aux agneaux fragiles, de ceux que leur mère repousse, enfin des agneaux mort-nés qu'il faut aller chercher quand même pour sauver la brebis. Je le suivis, vers minuit, pour dormir dans la bergerie, où la chaleur animale, comme chaque fois, me fit plonger dans un sommeil oublieux des péripéties de mon bref voyage et de ses contrariétés.

43

JANVIER s'écoula dans un silence glacé, lumineux comme le lustre géant d'une église déserte, prolongé par des nuits bleutées où les étoiles en fleur éclataient dans un crépitement presque audible, inquiétant pour qui n'était pas familier d'un ciel d'hiver. Ce n'était plus mon cas. Chaque soir, avant d'aller dormir, j'observais la voûte céleste en compagnie d'Achille, avec l'impression de parcourir un univers connu de longue date, tragiquement oublié. Là-haut voyageaient des vérités qu'il fallait réapprivoiser, je le savais désormais, et dont la seule approche rassurait, apaisait, du moins pour moi qui ne m'y refusais pas, au contraire : j'avais pris l'habitude de les côtoyer chaque nuit et je ne pouvais plus m'en passer.

La journée, Achille travaillait dans la bergerie à préparer les clèdes pour l'agnelage qui approchait et, pour moi, après avoir rentré le bois destiné à la cheminée, je partais à pied au milieu des collines blanches pour des sorties qui ne me paraissaient pas dangereuses. Louise, pourtant, me mettait en garde :

– Avec la neige, me disait-elle, on ne voit pas les rochers. On peut tomber et se casser une jambe.

Elle ajoutait, comme je souriais :

– On peut aussi se perdre.

Achille, lui, ne disait rien. Je comprenais que les sorties quotidiennes du troupeau lui manquaient, et qu'il attendait impatiemment le printemps. Je partais avec des raquettes aux pieds, en essayant de suivre les drailles que je connaissais, mais la neige en dissimulait les contours, et, souvent, ainsi que l'avait prédit Louise, je me perdais avec un frisson délicieux. Je me sentais alors inaccessible à tout, délivré définitivement des tourments, dans un monde neuf où tout était possible. Et chaque jour j'allais plus loin, malgré les recommandations de Louise, cherchant à retrouver les indices des sorties avec Achille et le troupeau, mais le plus souvent incapable de me situer vraiment par rapport au hameau.

Un soir, comme la nuit tombait, je m'aperçus que j'avais pris la mauvaise direction et que je m'étais éloigné au lieu de revenir vers la maison. Heureusement, il ne neigeait pas et le temps était clair. J'essayai de m'orienter, mais vainement : j'étais bel et bien perdu, au milieu de nulle part, dans un désert blanc qui s'assombrissait de minute en minute, sans que je parvienne à discerner des repères. Pendant un moment, je consentis à ce qui allait arriver si je ne retrouvais pas mon chemin. Ce fut une sorte de renoncement agréable malgré le froid, le voisinage d'une paix définitive, l'abandon d'un combat qui, sans que j'en prenne vraiment conscience, m'avait épuisé au cours des derniers mois.

Puis je pensai à ces colporteurs que l'on retrouvait au printemps, sous la neige, et quelque chose en moi se rebella. Je ne pouvais pas laisser seuls Achille et Louise, qui devaient s'inquiéter de ne pas me voir revenir. Je me mis à marcher plus vite afin de me réchauffer, cherchant dans mon instinct la bonne direction, et j'étais de nouveau près de renoncer quand, la nuit étant maintenant tombée tout à fait, j'aperçus les lumières qu'Achille et Louise avaient allumées sans fermer les volets. Ils m'accueillirent avec des reproches qui me firent réaliser à quel point ils avaient eu peur.

– Enfin ! s'exclama Louise. Vous ne vous rendez pas compte comme c'est dangereux de s'éloigner de la sorte ! Achille était prêt à partir à votre rencontre !

Il ne pipa mot, mais je compris qu'il était très mécontent lui aussi et je m'en voulus : je n'avais pas le droit de jouer ainsi avec ma vie tout en assombrissant celle des deux êtres qui avaient besoin de moi. Pendant toute la soirée je m'évertuai à les rassurer, mais il me sembla qu'ils m'en voulaient encore et j'en fus désolé. Cette nuit-là, Achille entra directement dans la bergerie, sans s'attarder sous l'auvent pour contempler les étoiles.

Le lendemain matin, cependant, ils se conduisirent comme s'ils avaient oublié. Je ne sortis pas de la matinée, et restai auprès de Louise qui avait retrouvé son sourire.

– Vous pouvez dire que vous m'avez fait une brave peur hier au soir, me dit-elle.

– Excusez-moi, Louise, je vous promets de ne pas recommencer.

Dehors, le froid se faisait plus rude encore : le temps était sec et la réverbération de la neige éblouissait en roulant en vagues glaciales jusqu'aux sommets alentour. Rien ne bougeait, tout était pétrifié comme dans du verre, et aucun oiseau ne s'aventurait dans le ciel qui jetait des éclairs de faux fraîchement aiguisée.

– Moins quinze ! me dit Achille en rentrant à midi pour déjeuner.

Il ajouta, pensif :

– Je crois bien que ça va durer. Les agnelles cherchent leur mère.

Il connaissait des indices qu'il était seul à pouvoir interpréter. Et comme je lui demandais des explications, il ne se fit pas prier pour m'en donner :

– C'est bien simple : plus il fait froid, plus elles retrouvent les instincts de survie d'après leur naissance, ne serait-ce que pour se réchauffer.

C'était bien simple, en effet, et je mesurai une fois de plus à quel point j'avais à apprendre du monde nouveau que je découvrais.

– Les brebis pleines commencent à s'isoler, poursuivit-il. Elles sont nerveuses et se disputent les places à l'écart.

Ce que je vérifiai en allant dans la bergerie avec lui, après un repas qui fut plus joyeux que le dîner de la veille.

– N'allez pas encore vous perdre ! me dit-il en me voyant ressortir.

– Non ! Faire quelques pas seulement.

Je suivis sur deux cents mètres la draille que nous avions l'habitude de prendre, et qui m'était donc familière, jusqu'à l'endroit où elle commençait à descendre vers une doline, et je m'arrêtai brusquement devant les diamants du givre sur les fleurs fanées d'une ombelle figée par le froid. Le soleil les faisait resplendir comme dans un ciel plein d'étoiles, et j'eus l'impression que l'infiniment grand rejoignait ici l'infiniment petit, comme dans ces images sommairement explicatives du monde que l'on trouve dans les livres d'école. Je demeurai là de longues minutes à les observer, frissonnantes dans le vent léger, et je m'apprêtais à faire demi-tour, quand un éclair sur la droite attira mon attention. Le museau d'une hermine blanche émergeait de la neige et semblait m'interroger : qu'est-ce que cet homme faisait là ? Était-il un ami ou un ennemi ? Le petit animal hésita puis sortit entièrement, vint vers moi, s'arrêta à un pas, sa tête et ses yeux noirs fixés sans hostilité, sans méfiance, dans une alliance parfaite entre deux êtres vivants qui se reconnaissaient comme tels, dans l'aventure de la vie.

Je rentrai, ce jour-là, avec la conviction d'avoir été le témoin privilégié d'une beauté secrète qui ne pouvait se révéler que dans des terres sauvages, à l'écart de ceux qui l'ignoreraient toute leur vie.

44

La dernière semaine de janvier, un regain de l'hiver ramena la neige pendant quarante-huit heures, puis le temps s'éclaircit et, de nouveau, le gel emprisonna les collines d'un blanc légèrement bleuté comme celui des glaciers. Chaque fois que le printemps prochain ramenait dans mon esprit la vague menace d'avoir à réintégrer Paris, je la chassais aussitôt, en m'efforçant d'imaginer béatement que le temps allait s'arrêter, paralysé lui aussi par la neige et le gel. Et de toute façon avril était encore loin, les décisions à prendre également, enfouies dans un futur improbable comme le bleu des muscaris dans la neige de l'hiver.

À l'approche de l'agnelage, Louise faisait parfois le bref trajet de la maison à la bergerie, heureuse de ces naissances à venir qui avaient assuré son indépendance pendant toute sa vie. Plus de cent agneaux autorisaient ici la préservation d'une existence basée sur la sobriété et l'économie. Même les images de la télévision ne parvenaient pas à éveiller les rêves assaillant d'ordinaire ceux qui ne peuvent s'en passer, et je m'apercevais moi aussi, lors des longues soirées passées devant la cheminée, qu'elles glissaient sur moi comme d'antiques manies devenues dérisoires. En outre, comme je ne répondais plus depuis longtemps aux mails et aux SMS, ils s'étaient taris, pareils à un bassin d'arrosage privé d'eau.

Tout allait bien, en somme, et nous nous dirigions lentement vers la fin janvier, quand, le 28 en fin d'après-midi, en rentrant d'une brève promenade, je trouvai Louise inanimée dans son fauteuil. Je n'en fus d'abord pas très inquiet, mais quand je me penchai sur elle, j'eus l'impression qu'elle ne respirait plus. En me penchant davantage, je sentis cependant un mince filet d'air passer entre ses lèvres.

– Louise, vous m'entendez ?

Elle ouvrit les yeux, eut un faible sourire, les referma en murmurant :

– Je m'en vais.

Je tentai de la redresser en disant :

– Mais non…

– Si ! Je m'en vais… Je le sens… Je le sais.

Je saisis un coussin sur le fauteuil le plus proche et le lui glissai sous la tête.

– Ne bougez pas, je vais chercher Achille.

– Non ! Restez près de moi. S'il vous plaît.

Elle rouvrit les yeux, reprit d'une voix à peine audible :

– J'ai eu la vie que je souhaitais, je peux m'en aller maintenant.

Une douleur lui arracha une grimace et elle porta la main droite à sa poitrine.

– N'oubliez pas Achille, s'il vous plaît.

– J'appelle les pompiers.

– Non ! Ce n'est pas la peine, c'est trop tard.

Elle ajouta, après une nouvelle crispation du visage qui la souleva un peu :

– Je suis contente que vous soyez là.

Puis elle retomba et ne bougea plus. Je sus qu'elle était morte à son visage brusquement détendu, d'où la douleur s'était enfuie, et au relâchement de son corps qui ne luttait plus. Ses yeux clairs s'étaient légèrement voilés, mais demeuraient fixés sur moi comme dans un dernier appel, et le souvenir de Julie morte me revint brutalement. Ce fut comme un ébranlement qui parcourut mes membres des pieds à la tête. Il me fallut plusieurs minutes pour trouver la force de réagir, puis je partis à pas lents vers la bergerie où Achille, en me voyant arriver avec un air qu'il ne me connaissait pas, comprit qu'il s'était passé quelque chose de grave.

– Qu'est-ce qu'il y a ? fit-il.

– Louise.

– Elle n'est pas bien ?

J'hésitai un instant avant de répondre :

– Elle est morte.

Il eut un recul du visage comme si on l'avait frappé, et il demanda :

– Comment ça ? Elle allait bien à midi.

– Elle est morte.

Il lâcha la fourche qu'il portait, demeura un moment les bras ballants puis il fit un pas vers moi, s'arrêta, murmura :

– C'est pas possible.

Et il partit vers la maison sans se retourner, sans doute pour cacher l'émotion qui l'avait empoigné et qu'il tentait de dissimuler. Je le rejoignis dans la salle de séjour où il s'agenouilla devant le corps de celle qu'il avait accompagnée une grande partie de sa vie, et qu'il avait aimée, sans doute, plus qu'il n'aurait su l'avouer. Il lui ferma les yeux dans un geste d'une douceur étonnante en comparaison de ses doigts calleux, puis il resta immobile, ne sachant que faire, sinon chercher dans ce visage les traces d'une vie qui l'avait fui, et qu'une sorte de sérénité transformait, le rendant apaisé et non pas douloureux.

– Il faudrait la transporter dans sa chambre, dis-je.

Achille parut se réveiller, il sursauta, hocha la tête, et il la prit par les épaules tandis que je me saisissais des pieds. Une fois dans la chambre, nous l'allongeâmes sur le lit, la tête soutenue par un oreiller, et Achille lui croisa les mains sur la poitrine.

– Quand même, cette pauvre Louise, souffla-t-il.

– Elle n'a pas souffert longtemps, j'en suis sûr, dis-je. À peine quelques minutes.

Il hocha de nouveau la tête, alla fermer les volets, alluma une veilleuse, attira une chaise à lui, et me demanda de le laisser seul quelques instants avec elle. Je repassai dans la salle de séjour, mesurant combien ils avaient été proches, et combien cette disparition devait l'anéantir. J'eus l'impression d'entendre sa voix, et je compris qu'il lui parlait. Cela dura longtemps, très longtemps, puis il réapparut, les yeux secs, mais avec une sorte de soulagement sur son visage. Il s'assit sur un fauteuil, parut réfléchir, murmura :

– Il faudrait téléphoner à son frère.

– Vous voulez que je m'en charge ?

– Non. Je vais le faire.

Mais il n'y parvint pas avant un quart d'heure. Il demeurait immobile, les mains posées sur ses genoux, légèrement penché en avant, comme s'il réfléchissait à ce qu'allait provoquer cette perte d'une femme qu'il avait sans doute crue indestructible, après les deux opérations auxquelles elle avait survécu. Enfin il trouva la force de décrocher le téléphone et il annonça en quelques mots sobres la mort de Louise à son frère. Ce dernier lui fit comprendre qu'il ne pourrait pas venir avant le lendemain matin, prétextant ne pas pouvoir se déplacer avec la nuit qui tombait tôt et la neige qui menaçait encore. Il lui demanda de prévenir le médecin, qui, une fois contacté, fit à Achille la même réponse : il viendrait seulement le lendemain matin à neuf heures. Voilà comment nous nous retrouvâmes seuls, Achille et moi, pour veiller Louise au cours de cette soirée funeste.

À huit heures du soir, pourtant, après avoir dîné, Achille me demanda de le laisser seul près d'elle pour la nuit. J'insistai, mais vainement, pour au moins le relayer vers deux heures. Il me répondit simplement, avec un geste las des bras :

– De toute façon, je ne dormirai pas.

Je me réfugiai dans ma chambre où je ne pus, moi non plus, trouver le sommeil avant de longues heures. Qu'allait-il se passer ? Qu'allait décider le frère de Louise ? Est-ce que nous n'avions pas vécu, Achille et moi, les dernières heures de ce hameau perdu dont il ne survivrait bientôt que des ruines ?

45

LE FRÈRE de Louise était un grand homme maigre, au visage creusé de rides profondes, et aux yeux très clairs, identiques aux siens. Il se déplaçait difficilement, avec une canne que tenait une main droite qui tremblait un peu. Il arriva vers neuf heures du matin, s'entretint avec Achille, puis avec le médecin arrivé peu avant lui, et me considéra sans la moindre hostilité : je compris que Louise avait dû lui parler de moi, et de l'aide que je lui apportais. Malgré sa grande fatigue apparente, il s'occupa de toutes les formalités, notamment de faire acheminer le corps de sa sœur à Florac, où il serait inhumé dans le cimetière familial, et il repartit en fin d'après-midi, après avoir simplement dit à Achille :

– Nous parlerons à Florac, après les obsèques.

Nous nous retrouvâmes seuls, Achille et moi, assommés par ce qui venait de se passer. Heureusement, les brebis, elles, ne pouvaient pas attendre, et le fait de leur apporter les soins nécessaires dans la bergerie nous aida à passer cette journée et les deux suivantes sans trop nous poser de questions. Simplement, la veille des obsèques, Achille me dit avant d'aller se coucher :

– C'est peut-être fini.

– Mais non ! Ne t'inquiète pas, on trouvera une solution.

C'était la première fois que je le tutoyais et j'eus l'impression qu'il en était heureux, comme si ce tutoiement nous rendait soudain plus proches, liés dans le même sort. De fait, le lendemain, dès le déjeuner du matin, il me tutoya également, comme s'il accomplissait naturellement, sans même y penser, ce qui aurait dû être fait depuis longtemps.

Ce fut dans cette nouvelle proximité – cette nouvelle parenté, peut-être – que nous partîmes pour Florac en début d'après-midi. Le temps était sec et lumineux, le soleil réverbérant l'éclat de la neige comme la surface d'un miroir géant. Le causse semblait s'éveiller d'un long sommeil, mais ce n'était qu'une accalmie de l'hiver : on le devinait aux pointes du vent qui paraissaient couler d'un immense glacier dissimulé derrière les collines.

Il y eut peu de monde à la cérémonie : une vingtaine de personnes, toutes âgées, celles qui, sans doute, avaient connu Louise dans les premières années de sa vie. Au cimetière, devant le caveau, le souvenir de Julie croula soudain sur moi et m'accabla pendant de longues minutes. Je m'éloignai discrètement, essayant de penser plutôt à nos vacances à la neige, quand le froid me transperçait comme aujourd'hui lorsque je l'attendais en bas des pistes, et qu'elle souriait en m'apercevant, surgie de nulle part, pour se jeter dans mes bras. Ce fut tellement violent que je chancelai, comme si son corps frappait le mien dans son élan à peine maîtrisé. Elle me sembla si présente, alors, si chaude contre moi que je la crus vivante, et je tins mes yeux un long moment fermés pour prolonger cette sensation dont la puissance, tout en me faisant trembler, m'emplit d'une joie à la fois folle et désespérée.

La main d'Achille, en se posant sur mon bras, me fit sursauter : j'étais appuyé contre le mur, dans un coin du cimetière. Il fallut regagner ma voiture, puis la maison du frère de Louise : imposante, en pierres de taille, aux volets en bois de châtaignier, surmontée d'une épaisse cheminée de briques rouges. Le maître des lieux nous fit asseoir dans un salon aux fauteuils fatigués de velours sombre, évoqua Louise pendant de longues minutes, puis il en vint à des propos plus terre à terre. Comme je me levais pour le laisser seul avec Achille, il me fit signe de rester en disant :

– Il n'y a rien que vous ne puissiez entendre. Je sais

quelle aide précieuse vous avez apportée à Louise et à Achille.

Il soupira, reprit d'une voix lasse, s'adressant à son berger :

– Je te demande de bien vouloir assurer l'agnelage. Tu n'auras pas à le regretter. Ensuite, nous aurons du temps devant nous pour prendre les décisions qui s'imposent.

Achille accepta. Comment aurait-il pu faire autrement ? Le frère de Louise le remercia et nous repartîmes après avoir bu un cordial pour nous réchauffer, sans la moindre certitude quant à l'avenir du mas et de la bergerie. J'eus la conviction, ce soir-là, en rentrant dans la maison froide de Louise, que c'était peut-être l'une des dernières fois que nous pouvions rallumer le foyer de la cheminée.

46

LA VIE reprit pourtant son cours, avec, dès la semaine suivante, le premier agnelage. Sachant qu'Achille aurait besoin d'aide, je dormis dans la bergerie, à la place que j'avais déjà occupée, derrière la mangeoire, dans la chaleur agréable de la paille et des bêtes. Achille avait examiné les brebis qui étaient prêtes à agneler, et il les avait rassemblées dans une salle de travail, après m'avoir expliqué comment deviner l'imminence de la délivrance. C'était assez simple, en somme : quand les flancs se creusent et que les mamelles gonflent, l'accouchement est proche.

Le premier se passa bien : en vingt minutes tout était terminé, et le petit cherchait à téter sur ses jambes tremblantes. Le lendemain, il y eut une naissance plus compliquée, avec des triplés, juste avant le lever du jour, puis elles se succédèrent pendant une semaine, sans le moindre répit pour Achille qui ne dormait pas, car les brebis ont tendance à agneler entre minuit et les premières heures du jour. Il ne me réveillait que lorsqu'il avait besoin d'aide, comme ce fut le cas, une nuit, l'agneau se présentant à l'envers, siège en premier. Il nous fallut l'extraire à la main, et ce ne fut pas facile car il était très gros. En outre, au fur et à mesure que les agnelages se succédaient, d'autres difficultés apparaissaient du fait que toutes les brebis n'ont pas l'instinct maternel et que certaines refusent leurs mamelles à leur petit. Il faut alors les nourrir au biberon, avec beaucoup de patience et d'attention.

Une nuit, Achille dut pratiquer une césarienne, car l'agneau était mort dans le ventre de sa mère. Il fallait à tout prix le sortir pour la sauver. Je dus maintenir la pauvre bête pendant l'opération, et ce fut la première fois que je vis pleurer Achille, quand il saisit le petit mort-né, tête pendante, pour le poser à côté de nous, le temps de recoudre en prenant garde de ne pas provoquer d'infection.

Ce travail harassant nous fit un peu oublier Louise et le printemps à venir. La journée, je préparais nos repas tandis qu'Achille, lui, ne quittait pas la bergerie où une longue allée centrale séparait maintenant d'un côté la salle de travail, et de l'autre, celle où les brebis qui avaient agnelé veillaient sur leurs petits mais aussi sur leurs filles de l'année précédente. Demeuraient isolées dans des box celles qui avaient souffert de l'agnelage ou qui entretenaient des rapports compliqués avec leurs agneaux.

Achille m'avait appris à leur donner le biberon, et je m'y évertuais avec soin, n'ayant jamais eu de contacts avec des animaux si petits, si fragiles. Quand je voyais leur queue frétiller de plaisir au moment où le lait coulait dans leur bouche, j'avais l'impression de faire un geste maternel, essentiel sans doute, en accord avec la vie telle qu'elle devait être, en dehors de contingences inventées par les hommes ailleurs, très loin, à l'écart de ces lieux devenus familiers.

Nous n'avions pas une minute à nous : il fallait marquer les agneaux d'un numéro correspondant à celui de leur mère, garnir les mangeoires de fourrage et de céréales, vacciner, pratiquer des injections d'antibiotiques, séparer les mâles des femelles, établir une carte d'identité de chacun avec origine, nom et date de naissance, veiller sur ceux qui tenaient mal sur leurs jambes ou souffraient d'une quelconque malformation.

Au bout d'un mois, nous avions tout oublié du monde extérieur et des menaces qui pesaient sur la bergerie. Pour ma part, j'avais abandonné mes escapades sur le causse, et je ne m'étais pas rendu compte que la neige avait fondu par endroits, laissant apparaître les touffes jaune vif de l'adonis de printemps, en un éclat surprenant en cette saison. Il ne neigeait plus. Seules quelques averses glacées giflaient parfois les pierres, comme celle qui m'avait accueilli l'année précédente, le jour de mon arrivée.

Presque un an et j'étais toujours là, pas tout à fait convaincu qu'il s'agissait bien de moi, et non pas d'un autre homme apparu avec la disparition de Julie ! Un an ! Et toujours pas de décision pour l'avenir, ni pour moi, ni pour Achille qui se fermait de plus en plus au fur et à mesure que le temps passait, malgré la présence affectueuse de tous ces agneaux qui se regroupaient autour de lui dès qu'il pénétrait dans la bergerie.

En mars, le frère de Louise vint recenser l'agnelage. Il félicita Achille, lui demanda de continuer à s'en occuper jusqu'à la vente des agneaux.

– Et ensuite ? demanda Achille.

Nous nous trouvions dans la grande salle à manger où la présence de Louise me paraissait encore sensible, face au fauteuil qui avait été le sien. Son frère soupira, hocha la tête, murmura :

– Je vais être obligé de vendre.

– Pourquoi ? s'insurgea Achille. Je suis là, moi.

– Oui, je le sais bien.

– Alors ?

– Je suis obligé de mettre mes affaires en ordre. Mes enfants ne veulent rien garder ici. Ça ne les intéresse pas.

Le frère de Louise hésita, puis il ajouta, comme pour se rassurer lui aussi :

– Ne t'inquiète pas. Ça prendra du temps. Après, je te trouverai un petit logement à Florac. Tu ne manqueras de rien.

– Ce sont les brebis et les agneaux qui me manqueront.

Le frère de Louise soupira une nouvelle fois, écarta les bras en signe d'impuissance, reprit :

– Je ne peux rien y faire, mon pauvre. Je te le répète : mes enfants ne veulent rien garder ici. Le troupeau, la maison, la bergerie, c'est fini.

Il se leva précipitamment, comme si cette conversation ne servait plus à rien, et il s'en alla, dans sa vieille fourgonnette Peugeot habituée aux mauvais chemins du causse. Achille l'accompagna jusqu'à elle, puis il fit demi-tour, et, sans paraître s'apercevoir de ma présence, il partit se réfugier dans la bergerie où je l'entendis parler aux agneaux.

47

DÉBUT AVRIL, une dernière averse de neige poudra le causse pendant une matinée mais ne tint pas au sol. Un matin, le vent du nord s'éteignit, tourna à l'ouest et balaya les nuages pour laisser apparaître le ciel d'un bleu laiteux, puis, dans les jours qui suivirent, surgirent du sol réchauffé quelques centaurées, de rares muscaris et le rose des daphnés thymélées. On entendit alors chanter les premières alouettes, soigneusement dissimulées entre les pierres d'un gris cendré. Achille hésitait à sortir le troupeau, par crainte d'un sursaut tardif de l'hiver, et il avait enlevé les clèdes de séparation dans la bergerie pour réunir tout le troupeau dans une salle commune, afin de l'habituer à la cohabitation.

Ce fut le 15 que je reçus un mail de l'agent d'affaires de Paris qui m'annonçait avoir trouvé un acheteur pour mon appartement. Il avait entre les mains une offre ferme et en bonne et due forme. Il ne manquait que mon accord pour faire établir une promesse de vente. Le montant qu'il indiquait dépassait l'estimation que nous en avions faite, et de beaucoup. Je donnai mon accord par mail et attendis de connaître la date fixée par le notaire pour me rendre à Paris.

Achille hésitait toujours à sortir le troupeau pour la première fois de l'année, malgré l'impatience que manifestaient les brebis mères qui sentaient l'arrivée du printemps. Quand je lui annonçai que je devais partir pour Paris, il me promit d'attendre mon retour. Ainsi, en se souvenant de mon arrivée de l'an passé, le premier jour de la sortie des brebis, un cercle serait bouclé : une année pleine que je n'aurais jamais imaginée, pas même dans mes projets les plus fous. Je partis donc en n'ayant qu'une idée en tête : revenir vite pour remettre mes pas dans les miens, retrouver les longues marches sur le causse, la présence d'Achille et du troupeau.

À Paris, je trouvai dans ma boîte aux lettres une convocation au siège de la banque qui m'employait, afin de faire le point, le terme de mon année de congé sabbatique approchant. Je m'y rendis malgré ma réticence, et appris de la directrice des ressources humaines que je ne retrouverais pas mon poste, qui avait été pourvu entre-temps. Elle s'engageait, si je souhaitais reprendre le travail – et je compris à son air ironique qu'elle savait tout de ma nouvelle existence –, à me trouver un autre poste ailleurs, puisque aussi bien je demeurais dans une position réglementaire vis-à-vis des statuts. Je répondis que j'allais y réfléchir, puis je fis une visite à ma mère qui, je ne sais comment – sans doute par mes anciens collègues de travail – était au courant de cette proposition. Une fois de plus elle m'incita à retrouver la raison, ne plus me perdre dans des divagations qui ne pouvaient que me conduire vers la déchéance et la misère.

Le couple qui s'était porté acquéreur de mon appartement était jeune, une trentaine d'années, et se montrait pressé d'emménager. Or l'acte authentique ne pouvait être établi avant un mois. Je confiai à l'agence la mission de me trouver un garde-meubles et d'assurer le déménagement. Il n'y avait aucun risque à cela, puisque la promesse de vente ne comportait aucune condition suspensive. Enfin je repartis, allégé des soucis mais non pas des questions qui se posaient toujours au sujet de l'avenir.

Comme il me l'avait promis, Achille m'attendait pour sortir le troupeau. Il donna du fourrage aux brebis et aux agnelles avant de les laisser aller vers l'herbe tendre, ce matin-là, afin d'éviter qu'elles se remplissent trop vite de cette manne trop longtemps espérée. J'étais arrivé tard la veille au soir, fatigué par le voyage et les interrogations qui n'avaient cessé d'accaparer mon esprit, et je m'étais endormi aussitôt dans ma chambre.

Ce matin de la fin avril crépitait d'une lumière neuve qui cascadait entre les fragiles nappes de brume comme de minuscules ruisseaux. Les bêtes semblaient folles de plaisir à brouter l'herbe verte, entre les prunelliers en fleur, sous le regard perçant des premiers rapaces revenus nicher sur les lieux familiers de leur accouplement. Les agneaux sautaient dans cet espace inconnu d'eux, se perdaient, recherchaient leur mère avec des bêlements inquiets, donnaient des coups de tête rageurs dans les mamelles pleines de lait.

Achille me paraissait sombre alors qu'il aurait dû se réjouir, comme je l'avais constaté l'an passé, de cette première sortie sous une lumière neuve, aux éclats de vitre. Sans doute imaginait-il qu'il s'était passé quelque chose d'important à Paris, et qui, peut-être, le concernait. Nous marchâmes sans un mot jusqu'à midi, puis nous nous assîmes au creux d'une doline, à l'abri du vent, pour manger le pain, la viande froide et le fromage que nous avions emportés. C'est alors que je prononçai la phrase qui était née en moi depuis plusieurs jours, sans que je l'eusse vraiment formulée :

– Je vais racheter le mas, la bergerie et le troupeau au frère de Louise.

Achille releva la tête, cessa de manger, m'observa un long moment sans rien dire, puis, d'une voix paisible, il murmura :

– Ne te sens pas obligé. Je suis vieux, j'ai fait mon temps, il n'y a plus d'avenir ici.

– C'est important pour moi.

J'ajoutai, comme il me dévisageait sans paraître comprendre :

– C'est même indispensable.

– Et tu vas vivre ici, tout seul, quand je ne serai plus là ?

– Je ne sais pas.

Je repris, surpris soudain par les conséquences prévisibles de ce que j'avais avancé :

– Je ne crois pas. Mais ce que je sais, c'est que je vais acheter.

Achille hocha la tête, sourit.

– Tu as gagné au loto ?

– Non ! J'ai gagné bien plus que cela depuis que je suis ici, avec toi et avec Louise.

– Je voudrais bien savoir quoi !

– Je me suis retrouvé.

– Tu étais perdu ?

– Disons que je ne savais pas très bien qui j'étais.

– Et aujourd'hui, tu le sais ?

– Il me semble.

– J'espère que tu ne te trompes pas, soupira Achille.

Ce fut tout. Simplement, au moment de repartir, il me prit le bras, le serra un instant et me dit, s'éloignant aussitôt sans me regarder :

– Je te remercie.

Qu'aurait-il pu dire d'autre, cet homme qui n'avait rien à donner que sa présence, sa droiture et sa fidélité à un monde en train de mourir ? Il ne savait pas à quel point elles m'étaient précieuses, et quel chemin, grâce à lui, j'avais pu parcourir. Grâce à lui, mais aussi, en y réfléchissant bien, grâce à cette fuite d'une année qui m'avait sauvé d'une vie sans autre trésor que Julie. Sauvé du monde des chiffres, des bilans, d'une agitation aiguë, de la brutalité des rues ; le monde de l'égoïsme, de l'entassement dans les villes de millions d'êtres humains, de leur narcissisme maladif, de leur incapacité à lever la tête vers le ciel, de leurs passions bavardes, de leur goût pour tout ce qui détruit, tout ce qui noircit ; loin des beautés de l'autre monde, celui des territoires désertés où la vie délivre encore gratuitement ses splendeurs, ses parfums, ses mystères et ses secrets.

Nous repartîmes, et je ne cessai de me demander, tout cet après-midi-là, si je n'étais pas allé trop vite dans mes décisions. Pourtant, chaque fois que je croisais le regard d'Achille, j'y lisais un tel soulagement, un tel bonheur que ma détermination ne fit que croître et embellir au cours des heures et des journées qui suivirent.

48

IL NE FUT PAS difficile de m'entendre sur le prix d'achat de la propriété avec le frère de Louise. Il représentait seulement le quart de la vente de l'appartement de Paris. Restait à réfléchir à la manière de gagner aussi de quoi vivre à l'avenir, la vente des agneaux couvrant à peine les charges et le salaire d'Achille, bien qu'il fût dérisoire. Était-ce bien raisonnable d'envisager une existence entière sur ce causse de plus en plus déserté ? Ne valait-il pas mieux, sans me couper de lui, sacrifier un peu de ma vie pour ne pas la perdre tout entière ? Ne fallait-il pas trouver le moyen financier de sauver ici ce qui pouvait encore l'être ? Je songeai à tous ces jeunes hommes et jeunes femmes qui avaient tout quitté après 1968 pour aller vers une existence à laquelle ils n'étaient pas préparés et qui s'étaient perdus en route. Je ne pouvais pas renoncer totalement aux forces qui m'avaient permis de vivre dans l'univers de la ville. C'était trop dangereux. Un tel pari mettrait Achille et la propriété en insécurité.

Ces questions mobilisèrent mes pensées pendant plusieurs jours, sous le regard de plus en plus inquiet d'Achille, qui me voyait préoccupé. Sans doute pensait-il que je regrettais la décision que j'avais prise, mais il ne m'en parlait pas, même au cours de nos sorties quotidiennes sous le soleil de mai. La solution m'apparut au retour de mon voyage à Paris pour signer l'acte de vente chez le notaire et revenir avec un chèque faramineux. Le plus judicieux était probablement de trouver du travail à Montpellier, à seulement deux heures de route, ou guère plus, de Florac. Ainsi seraient préservés la survie de la propriété, mon besoin de vivre sur ce causse qui m'avait sauvé, et la nécessité de gagner assez d'argent pour les rendre invincibles l'une et l'autre.

Lorsque je fis part à Achille de cette décision, il en parut rassuré.

– Je m'inquiétais pour toi, me dit-il. Je ne suis pas éternel, tu sais.

Pour autant, rien ne pressait : j'avais suffisamment d'argent pour tenir deux ou trois ans, sans doute même plus, en réfléchissant à un nouveau travail qui me laisserait assez de temps pour ne pas perdre le fil qui me tenait en vie depuis le drame que j'avais vécu. Il me parut alors nécessaire d'aller chercher à

Paris l'urne dans laquelle étaient rassemblées les cendres de Julie, au columbarium du cimetière Montparnasse, et de la ramener dans ma nouvelle maison du causse. Une idée qui me fortifia dans ma résolution : désormais, tout ce que je possédais de plus précieux était ici réuni. Lors de ce voyage, j'en profitai pour rassurer ma mère en lui assurant que j'allais certainement accepter un poste en gestion de patrimoine à Montpellier.

Je revins à la bergerie avec les beaux jours de mieux en mieux installés. Les oiseaux d'Afrique étaient revenus et suivaient le troupeau le long des drailles qui se chauffaient au soleil : les huppes, les fauvettes à tête noire, les cailles des blés, les torcols, tous ceux qu'Achille me montrait en riant, heureux de retrouver ces compagnons qui avaient disparu pendant l'hiver. L'herbe poussait un peu plus chaque jour, invitant le troupeau à aller de plus en plus loin, tandis que les champs d'orge viraient du vert au jaune paille, et que les aiglons nés de l'année suivaient maladroitement leurs parents dans le ciel. Après les longs mois de confinement dans la bergerie, Achille semblait revivre et il ne passait pas un seul jour sans faire des projets d'avenir, maintenant qu'il se savait assuré de ne pas avoir à quitter ses brebis. Sa reconnaissance s'exprimait surtout par sa manière de m'associer en permanence à ses projets, sa seule richesse et son seul univers se trouvant là réunis. Il me donnait en somme tout ce qu'il possédait, comme il m'avait donné sa force au cours de l'année écoulée, et lorsque je le remerciais, il me répondait :

– Qu'est-ce qu'on serait devenus sans toi ?

Chaque jour fleurissaient de nouvelles plantes, de nouvelles fleurs : les carlines, les amélanchiers poudrés d'un blanc laiteux, ces stipes pennés qui deviennent les merveilleux cheveux d'ange délicatement caressés par le vent. Chaque jour de nouveaux rapaces apparaissaient dans le ciel, qu'Achille me désignait en les nommant, amusé de constater que j'avais toujours autant de mal à les reconnaître.

J'avais décidé de passer l'été sans quitter une seule fois le causse, et d'attendre octobre pour me rendre à Montpellier et y louer un petit appartement où j'habiterais la semaine, simplement peut-être deux ou trois jours pour commencer, en ayant de toute façon la certitude de pouvoir regagner mon refuge dès que je le souhaiterais.

J'avais enfin fait le point avec moi-même. Ayant vécu désaccordé de la terre qui nous porte, j'avais redessiné ma vie et il avait fallu un drame pour cela. Était-ce le prix à payer ? Je ne le pensais pas : c'eût été vraiment trop cher. Et d'ailleurs, de quoi étais-je coupable ? De rien, sans doute, sinon d'avoir ignoré des vérités essentielles. Mais désormais, ayant mesuré la fragilité de la vie, j'avais compris qu'il fallait la protéger là où elle était la plus faible, et que tout le bonheur du monde se trouve dans les plus petites choses. Les agneaux nouveau-nés, l'innocence paisible des oiseaux, l'impassibilité sereine des pierres, les fils d'argent des cheveux d'ange, le bleu profond des muscaris m'avaient rendu à moi-même. J'étais responsable d'eux et en même temps j'avais découvert ces étoiles qui nous demeurent invisibles le jour, alors qu'elles sont là, plus présentes qu'on ne le croit – des milliards et des milliards d'étoiles qui sont autant d'univers fabuleux auxquels on peut rêver. À l'avenir, rien ne serait pour moi invisible, et tout serait relié à la face cachée du monde aussi bien qu'à sa beauté la plus secrète.

Grâce à Achille, grâce à Louise, grâce au malheur que j'avais pu surmonter, ce monde-là continuerait de respirer dans la splendeur heureuse des premiers jours, les bêtes à vivre avec l'abandon et la confiance des enfants. Sous un ciel plein d'étoiles, la terre, les pierres, les bêtes, les arbres et les plantes allaient renaître chaque printemps dans d'autres matins, d'autres lumières, et des hommes poursuivraient leur route dans l'innocence de ceux qui lèvent encore la tête vers le ciel – des hommes dont je faisais partie, désormais, après avoir racheté le seul vrai paradis qui existe encore : celui où les seuls prix pratiqués sont ceux qui permettent des retrouvailles avec les secrets oubliés, mais dont l'écho, répercuté depuis le cœur profond de notre mémoire, demeure vivant en nous depuis le plus lointain des âges.

DU MÊME AUTEUR

Aux Éditions Albin Michel

LES VIGNES DE SAINTE-COLOMBE :
1. Les Vignes de Sainte-Colombe (Grand Prix des lecteurs du Livre de Poche), 1996.
2. La Lumière des collines (Prix des Maisons de la Presse), 1997.

BONHEUR D'ENFANCE, 1996.

LA PROMESSE DES SOURCES, 1998.

BLEUS SONT LES ÉTÉS, 1998.

LES CHÊNES D'OR, 1999.

CE QUE VIVENT LES HOMMES :
1. Les Noëls blancs, 2000.
2. Les Printemps de ce monde, 2001.

UNE ANNÉE DE NEIGE, 2002.

CETTE VIE OU CELLE D'APRÈS, 2003.

LA GRANDE ÎLE, 2004.

LES VRAIS BONHEURS, 2005.

LES MESSIEURS DE GRANDVAL :
1. Les Messieurs de Grandval (Grand Prix de littérature populaire de la Société des gens de lettres), 2005.
2. Les Dames de la Ferrière, 2006.

UN MATIN SUR LA TERRE (Prix Claude-Farrère des écrivains combattants), 2007.

C'ÉTAIT NOS FAMILLES :
1. Ils rêvaient des dimanches, 2008.
2. Pourquoi le ciel est bleu, 2009.

UNE SI BELLE ÉCOLE (Prix Sivet de l'Académie française et prix Mémoires d'Oc), 2010.

AU CŒUR DES FORÊTS (Prix Maurice-Genevoix), 2011.

LES ENFANTS DES JUSTES (Prix Solidarité-Harmonies mutuelles), 2012.

TOUT L'AMOUR DE NOS PÈRES, 2013.

UNE VIE DE LUMIÈRE ET DE VENT, 2014.

ENFANTS DE GARONNE :

1. Nos si beaux rêves de jeunesse, 2015.
2. Se souvenir des jours de fête, 2016.

DANS LA PAIX DES SAISONS, 2016.

LA VIE EN SON ROYAUME, 2017.

L'ÉTÉ DE NOS VINGT ANS, 2018.

MÊME LES ARBRES S'EN SOUVIENNENT, 2019.

SUR LA TERRE COMME AU CIEL, 2020.

Aux Éditions Robert Laffont

LES CAILLOUX BLEUS, 1984.

LES MENTHES SAUVAGES (Prix Eugène-Le-Roy), 1985.

LES CHEMINS D'ÉTOILES, 1987.

LES AMANDIERS FLEURISSAIENT ROUGE, 1988.

LA RIVIÈRE ESPÉRANCE :

1. La Rivière Espérance (Prix La Vie-Terre de France), 1990.
2. Le Royaume du fleuve (Prix littéraire du Rotary International), 1991.
3. L'Âme de la vallée, 1993.

L'ENFANT DES TERRES BLONDES, 1994.

Aux Éditions Seghers

ANTONIN, PAYSAN DU CAUSSE, 1986.

MARIE DES BREBIS, 1986.

ADELINE EN PÉRIGORD, 1992.

Albums

LE LOT QUE J'AIME, Éditions des Trois Épis, Brive, 1994.

DORDOGNE, VOIR COULER ENSEMBLE ET LES EAUX ET LES JOURS, Éditions Robert Laffont, 1995.

UNE SI BELLE ÉCOLE, Éditions Albin Michel, 2014.

Composition : IGS-CP
Impression : CPI Bussière en septembre 2021
Éditions Albin Michel
22, rue Huyghens, 75014 Paris
www.albin-michel.fr
ISBN broché : 978-2-226-45901-5
ISBN luxe : 978-2-226-18523-5
N° d'édition : 24348/01 – N° d'impression : 2057204
Dépôt légal : octobre 2021
Imprimé en France